UN CRIMEN CALCULADO

Gonçalo JN Dias

Este libro está basado en hechos verídicos.
Algunas de las personas involucradas en este caso me dieron sus versiones,
las cuales agradezco mucho.
Todos los nombres de los personajes han sido alterados.
Cualquier similitud con la realidad no es casualidad.

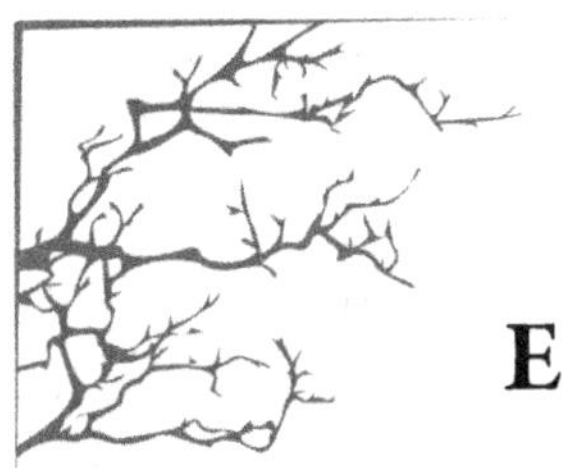

El Asesinato

Xabier dormitaba en el asiento de su coche, parecía que iba a ser una noche más perdida, las personas a las cuales esperaba seguramente habían cambiado de punto de encuentro. Estaba aparcado en un camino de tierra sin asfaltar, en medio de un bosque, donde los árboles, por ser invierno, estaban sin hojas y tenían un aspecto tétrico. Se abrigó, volvió a acurrucarse en el asiento y cerró los ojos.

Se despertó con un ligero ruido, que en un primer momento pensó que sería algún ave nocturna, pero despés vio dos faros acercándose. Se le puso el corazón en un puño, sintió las manos sudorosas y enseguida se puso alerta. El primer coche pasó, luego el segundo. Nadie lo vio; había escogido un magnífico lugar, entre arbustos, para poder ver sin ser observado. Durante un breve momento, sopesó no actuar. Él no era un asesino. No había crímenes perfectos, por mucho que tuviera calculado aquel homicidio, siempre existía la posibilidad de dejar algún cabo suelto e ir a parar a la cárcel de por vida. Alejó el pensamiento y se centró en su plan.

Salió del coche y se quitó el abrigo. Tembló de frío, pero también podrían ser los nervios que le hacían tiritar. Del maletero sacó el uniforme militar, luego se vistió y se puso un pasamontañas y unos guantes. Se calzó unas botas nuevas.

Preparó el revólver y confirmó que, en uno de los bolsillos del uniforme, estaba la bolsita con las colillas de cigarro.

Corrió despacio unos cincuenta metros, en dirección al lugar donde los dos vehículos habían pasado, y paró para dejar algunas colillas de cigarro en el suelo. Volvió a trotar otros cincuenta metros y vio los dos coches aparcados, en el exacto lugar donde los dos amantes tenían la costumbre de encontrarse. Se acercó lentamente, arma en ristre, y se detuvo junto a la parte trasera del Mercedes del doctor Zabala. El vehículo oscilaba un poco y se oían jadeos.

Xabier dejó con cuidado otra colilla junto al coche, de manera que cualquier policía la viera como prueba. Avanzó ahora a paso rápido en dirección a la puerta del conductor y, con la culata del revólver, rompió el cristal. Se oyeron gritos de sorpresa; la amante salió del regazo del doctor y se encogió en el asiento del copiloto. Xabier todavía vio que Zabala intentaba decir algo, pero, sin dar tiempo a ninguna otra acción, disparó una y otra vez hacia la parte superior del pecho. El sonido del revólver le dejó momentáneamente sordo, pero no perdió tiempo y corrió a gran velocidad hacia su vehículo.

Llegó a su coche casi sin aliento, guardó el uniforme militar, las botas y el pasamontañas en una bolsa de plástico. No se quitó los guantes, escondió el revólver en el maletero y volvió a ponerse el abrigo. Ya sentado al volante, miró hacia el sitio donde había disparado y no oyó ni vio nada.

¿Estará muerto?, se preguntó.

Casi con toda seguridad que sí, pensó, nadie podría sobrevivir a tres tiros. Tuvo dudas de si habían sido solo tres disparos y si había dado en el blanco.

UN CRIMEN CALCULADO

¿Qué estaría haciendo la mujer? Ya debería haber llamado a emergencias o a la policía. Salió del lugar lo antes posible y se centró, con el corazón a mil, en la segunda parte de su plan.

Cruzó la ciudad de Irún; pocos coches circulaban a esa hora. Aparcó el vehículo cerca de la frontera con Francia, en un callejón oscuro. Tenía que cruzar la frontera sin ser filmado y para eso solo podía pasar andando o en bicicleta, por el carril bici sin cámaras, por el puente sobre el río Bidasoa.

Antes de salir del coche, cogió el revólver y con extrema precaución puso cinta adhesiva a lo largo del arma. En esa cinta adhesiva estaban las huellas dactilares de quien Xabier quería incriminar. Puso el arma en una pequeña bolsa de plástico transparente y salió del auto.

Caminó hacia el carril bici, se puso la capucha del abrigo para protegerse del frío y también para pasar más desapercibido. En el primer contenedor de basura que encontró, echó su uniforme y esperó a cruzar la frontera para, ya en el lado francés, dejar también en un contenedor las botas y el pasamontañas. Pocas personas y coches circulaban por la calle, no había señales de la policía. Entró en el carril bici y caminó a buen ritmo, quería llegar lo antes posible a la calle donde vivía la mujer que estaba con el doctor Zabala. A lo largo del trayecto repasó todos los pasos que había dado hasta entonces, no vislumbró ningún error, y eso le dio confianza y seguridad.

Cruzó la frontera entre España y Francia por el carril bici de madera que pasaba sobre el río; solo vio a una persona paseando un perro, nadie más. No había cámaras a lo largo del carril bici, a diferencia de los dos puentes para automóviles, que tenían cámaras y, a veces, alguna patrulla policial. Caminó por varias calles de la localidad francesa de Hendaia.

Cuando llegó a su destino, comprobó que el coche que buscaba estaba en el mismo sitio donde lo había visto por la mañana de ese día. Se acercó con prudencia al vehículo, miró alrededor para confirmar que nadie lo vigilaba y abrió el maletero. Todavía llevaba los guantes y, con sumo cuidado, retiró el revólver de la pequeña bolsa y lo dejó junto al neumático de repuesto.

Misión cumplida, pensó, nervioso, pero a la vez contento por el curso de los acontecimientos. Cuando ya estaba saliendo de esa calle algo le llamó la atención. Marta, la amante del doctor Zabala, acababa de entrar en esa calle y, tranquilamente, dirigía su vehículo hacia el garaje.

Xabier quedó boquiabierto y se posicionó en una zona con poca iluminación para intentar averiguar algo más.

¿Por qué ella se iba a casa? ¿No habría llamado a la policía? ¿No estaría Zabala muerto? Algo no encajaba.

Hizo exactamente el mismo camino de regreso a su coche y, desde allí, volvió a casa y esperó, con algo de impaciencia, a que surgieran las primeras noticias sobre el homicidio.

Primeros Pasos de la Investigación

María Vargas era una mujer de rutinas, todos los fines de semana que tenía libre iba desde su piso en San Sebastián hasta el pequeño chalé que tenía en el suroeste francés, a unos cien kilómetros de su domicilio. Había comprado la casa, porque tanto a ella como a su marido les gustaba pasear y relajarse por aquella zona francesa. Por la mañana temprano, bajaban a la panadería para comprar una *baguette* recién hecha, después tomaban el desayuno en el porche, escuchando los pájaros que danzaban entre los pinos y los alcornoques que había por allí. Salían entonces en bicicleta para dar un largo paseo, a veces paraban para dar un chapuzón en las frías aguas del Cantábrico, otras simplemente se tumbaban en la playa y tomaban el sol. A menudo, comían fuera, en restaurantes típicos de la zona, donde los precios no fuesen prohibitivos. En esas comidas hablaban sobre la posibilidad de jubilarse en breve y vivir en aquella zona o quizá pasar más tiempo allí con los hijos y la nieta. Sin embargo, la vida se torció, en el verano de 2020 — el marido de María Vargas fue una de las muchas víctimas de la pandemia.

La inspectora María Vargas se quedó viuda y también huérfana de su, posiblemente, único amigo. Ahora, con sesenta años, ya no tenía tanto placer en ir al chalé ni en andar en bicicleta por la región. Le faltaba la compañía de su esposo, los sueños que habían compartido, las conversaciones tranquilas y las aficiones en común que tenían. Ahora se sentía sola en aquel sitio y, en numerosas ocasiones, preguntaba a su hijo mayor si podría traer a su única nieta. Con la pequeña todo cambiaba, volvía a alegrarse y la tristeza de la pérdida de su esposo se desvanecía un poco.

Estaba a dos años de poder jubilarse, no obstante, ahora, estaba dispuesta a trabajar unos años más, ya no tenía prisa en salir de la división de homicidios. Veía su futuro, como jubilada, sin brillo, aburrido y, sobre todo, solitario. Tal vez el director de la división le pidiese quedarse unos años más, quizá ayudar a los nuevos agentes con su experiencia.

Con todo, sabía perfectamente que muchos de sus compañeros la veían como una *viejuna*, chapada a la antigua y anticuada en relación con los nuevos métodos de investigación; sobre todo después de varios errores que cometió en la investigación de la muerte de la pequeña Ane, que sacudió la sociedad vasca hace un par de años. Esa era una piedra en su zapato que jamás podría quitarse. Muchos de los medios de comunicación, incluso sus compañeros de profesión, pusieron en duda sus aptitudes, olvidándose de toda la carrera de treinta años dentro del cuerpo policial.

Pedaleaba en bicicleta en dirección al mar, cuando su móvil sonó y vio que era su jefe.

—Sí.

—Vargas, tengo un nuevo caso de homicidio para usted.

—Vale...

—Le envío ahora la dirección del crimen con las coordenadas en GPS para que vaya al lugar del crimen, allí estará un equipo esperándole.

Después de un corto silencio, él le deseó suerte y colgó.

Enseguida María Vargas se puso nerviosa. Esta vez no podía fallar, otro error, otro caso sin tener pruebas irrefutables para entregar a la Fiscalía podría dejarla más cerca de una jubilación forzada. Después del desastre en la investigación sobre la muerte de la pequeña Ane, pensó que no confiarían en ella en ningún otro caso, pero aparentemente estaba equivocada y tenía ahora una oportunidad de oro para demostrar que era una magnífica inspectora.

Acto seguido, regresó a su chalé, dejando todo manga por hombro y condujo velozmente hacia las coordenadas que su superior había enviado. Hizo sesenta kilómetros por autopista y, en poco tiempo, cruzó la frontera y entró en la ciudad fronteriza de Irún.

Esas coordenadas la llevaron a una zona de bosque, donde la carretera iba quedándose más estrecha hasta dejar de ser asfaltada y pasar a ser un sendero. Pensó que debería estar perdida y estuvo a punto de llamar a su jefe para confirmar las coordenadas, hasta que vio un aparato policial instantes después.

Cuando se dirigió al lugar, ya andando, vio que ya había un equipo forense y balístico trabajando. Fue recibida por un subinspector que le dio los primeros detalles de la investigación.

—Buenos días, inspectora Vargas. La víctima ha sido encontrada esta mañana, alrededor de las 9:30, por un senderista que, según nos ha contado, suele venir a correr al bosque y vio la escena que la inspectora observa.

Hizo una pausa y dejó que María Vargas anduviera alrededor del coche y viese las heridas mortales que tenía la víctima.

—¿Qué sabemos de la víctima? —preguntó ella.

—Bastante. En la parte trasera del vehículo había una carpeta que no ha sido tocada y tenía su cartera, móvil y ordenador. Su nombre es Asier Zabala, es médico cirujano en el hospital de Donostia y también pertenece a la administración del hospital. Vivía aquí en Irún, está casado y tiene dos hijos.

La inspectora miraba atentamente la escena del crimen, haciendo una reconstrucción mental de lo que podría haber pasado.

—Subinspector, ¿usted qué cree que ha pasado aquí?

—Bueno... creo que el señor Zabala vino aquí de propia voluntad, seguramente acompañado por alguna persona, en su coche o en dos vehículos. Estarían haciendo el amor cuando fueron sorprendidos por alguien que disparó tres tiros. Uno de ellos acertó en la garganta, otro en el maxilar y el tercero en el pecho.

—¿Qué hay del acompañante? —volvió a preguntar Vargas.

—Por los cabellos que hemos encontrado, todo indica que era una acompañante. Bueno, hay tres opciones: en la primera, se ha escapado; en la segunda, ha sido raptada por el asesino; en la tercera, ha sido la acompañante quien ha matado a la víctima.

—La tercera opción parece muy improbable —refirió la inspectora, ya totalmente centrada en el trabajo—. El señor Zabala tiene los pantalones bajados, seguramente estaría teniendo relaciones con ella en el momento en que fue asesinado. Si ella hubiera disparado, los disparos habrían sido a quemarropa y este no es el caso. La acompañante ha logrado huir o el asesino no la ha querido matar. Todo apunta a que esto sea un crimen pasional.

Después, María Vargas pidió a todos que parasen lo que estaban haciendo y habló alto y claro:

—Buscad dentro del vehículo cualquier vestigio de la supuesta acompañante de la víctima. Buscad huellas de ruedas y de calzado aquí en esta zona y en un radio de cien metros, recoged como pruebas cualquier cosa como: latas de bebida, vasos, colillas, restos de comida, buscad en los contenedores de basura de la zona a ver si encontramos algo, sobre todo un arma de fuego.

—Por cierto, inspectora, la esposa de la víctima, que todavía no ha sido notificada de la muerte de la víctima, al parecer, hoy por la mañana, se ha presentado en la comisaría de Irún para indicar la desaparición de su marido.

—Vale, yo misma voy a hablar con ella, pero primero enviaremos el móvil y el ordenador de la víctima a nuestros chicos, a ver qué informaciones pueden sacar.

Pasaron tres horas en aquel sitio, recogiendo el máximo de pruebas e información posible, hasta que el cuerpo del médico fue enviado al Instituto de Medicina Legal, en el centro de Donostia. El vehículo fue enviado al garaje de Patología Forense y todas las huellas halladas al despacho de la inspectora.

Antes de dar la mala noticia a la viuda del doctor Zabala, Vargas y el subinspector fueron a comer a un restaurante en Irún; sabían que sería un largo día y no tendrían muchas oportunidades de parar para comer. El subinspector había trabajado en algunas ocasiones con María Vargas y, según opinaba, era una buena profesional, pero seguramente no de las mejores; era inteligente, pero no era tan perspicaz como otros inspectores. Las malas lenguas comentaban que había logrado subir tan alto en la jerarquía debido a que en los años 90 no había ninguna inspectora mujer en la división y se quiso dar una imagen más integradora. A lo largo de la comida apenas hablaron y lo que hablaron fue relacionado con el trabajo.

Después de la rápida comida, Vargas recibió una llamada telefónica del informático que le dejaba encima de la mesa de su despacho varios correos electrónicos y mensajes que podrían ser interesantes para la investigación. La inspectora se frotó las manos de regocijo y pensó que, en ese mismo día, podría ya tener algún sospechoso. No obstante, recordó que ahora tendría que enfrentarse a la esposa de Zabala y darle la mala noticia.

Esta era la parte que menos apreciaba en su trabajo, ser la mensajera de la desgracia, pero eran gajes del oficio y le gustaba estudiar la reacción de los familiares a la muerte de un ser querido, sobre todo cuando se trataba de un crimen pasional, como todo indicaba.

A través de los documentos de identidad de la víctima, llegó fácilmente al domicilio donde vivía. Era un barrio pequeño en las afueras de Irún, con villas nuevas de dos pisos y garajes comunitarios. Se notaba que era un barrio de clase media-alta, donde todos los vecinos tenían pequeños jardines que estaban bien arreglados. Allí no había tiendas ni movimiento de transeúntes. El centro del barrio daba a un amplio parque infantil.

Aparcó el coche delante de la villa que supuso que era de la persona que buscaba. Todas las villas eran idénticas: de color crema, con un pequeño portón negro que daba acceso al jardín. Los muros entre las casas y la vía pública estaban compuestos por arbustos altos y bien podados.

Llamó al timbre, miró alrededor y no vio a nadie; era un barrio muy tranquilo. Volvió a llamar, pero ahora con más ímpetu y la respuesta fue la misma. Decidió darse media vuelta y salir en dirección a su despacho, eso le daría tiempo para echar un vistazo a los emails y mensajes de la víctima, así como pedir al médico patólogo, encargado de realizar la autopsia, que "arreglara" un poco al muerto antes de que la viuda pudiese identificarlo.

Cuando llegó a su despacho, verificó que el informático tenía razón; había mensajes que daban a entender que el médico tenía una o más amantes, apuntó los números de teléfono de las posibles amantes. Después, respiró hondo y marcó el número del móvil de Enara Etxeberria, la esposa de la víctima.

—*Bai.*

—¿Es usted Enara Etxeberria?

—Sí, soy yo, ¿quién es?

—Mi nombre es María Vargas, soy inspectora de la policía, he estado en su casa hace media hora, pero no había nadie...

—Sí, es verdad, al final he decidido venir a trabajar, ya que no había ninguna noticia de mi marido. ¿Hay alguna novedad, inspectora?

Vargas no diría una noticia como esta por teléfono por dos razones: primero, porque sería ver la reacción de la esposa, que, de momento, podría estar involucrada en el asesinato. La segunda era porque una mala noticia como esta no se daría de forma tan fría.

—Me gustaría hablar con usted personalmente. Iba a pedirle que venga a la comisaría central en Donostia.

—Pero... ¿por qué? ¿Qué pasa? —preguntó Enara ya con la voz embargada.

—De momento no le puedo decir nada.

Se dio un silencio y la inspectora continuó:

—Señora Etxebarria, ¿se encuentra bien? Si quiere puedo enviar un compañero para traerla aquí, no hace falta conducir en este estado.

—No es necesario, gracias, inspectora, iré con una amiga.

Acto seguido, María Vargas se dirigió al Instituto de Medicina Legal, que se ubicaba a menos de cinco minutos andando. Entró en el edificio sin necesidad de enseñar ninguna identificación, pasando por los varios pasillos fríos y poco iluminados. Fue a la morgue; un vigilante le ofreció una mascarilla y unos guantes, que Vargas aceptó y entró en una habitación amplia y bien iluminada. Habló con el médico patólogo responsable de aquella autopsia, un viejo conocido suyo.

—¿Qué tenemos aquí, Juantxo?

—Pues, tres balas de 9mm. La primera le dio en la garganta, la segunda en el pecho y la tercera en el maxilar.

—¿No podrías arreglar un poco el rostro? La esposa llega en media hora.

El médico hizo una mueca de desagrado y dijo algo a regañadientes que Vargas pensó que fue algo como: «ya veré lo que puedo hacer».

Después, el médico confirmó que la víctima estaba teniendo relaciones sexuales en el momento del homicidio y que, según el rápido test sanguíneo, no había señales de drogas ni de alcohol. La conversación siguió un poco más hasta tocar algunos temas personales; los dos ya se conocían desde hacía dos décadas y estaban a punto de jubilarse.

La inspectora salió del edificio y esperó que Enara llegara a la comisaría central. No la conocía, pero había indagado en las imágenes del ordenador del fallecido y tenía una idea de cómo podría ser.

La reconoció apenas Enara salió de un vehículo, acompañada por una amiga. Era una mujer de estatura baja, delgada, vestida de negro —cómo si ya estuviese de luto— tenía un tono de piel moreno, pelo negro y ojos oscuros. María Vargas se presentó, vio como Enara estaba nerviosa e intentó ser lo más breve posible para terminar con la angustia de esta. Pidió a la acompañante que aguardara en una sala de espera y, con Enara, entró en su despacho.

—Por favor, inspectora, ¿hay alguna novedad de mi marido?

—Me temo que sí, señora Enara, le han disparado a su esposo, en una zona de bosque en Irún.

—¿Cómo? —la voz de Enara vaciló.

—Todo apunta a que su marido ha sido asesinado. Ya lo siento ser la portadora de esta mala noticia.

—¿Pero cómo? ¿Quién le ha matado? —dijo, a punto de empezar a llorar.

Después, poco a poco, la recién viuda se fue desmoronando hasta que se encogió, cubrió el rostro con las manos y se oía claramente el llanto de ésta. Se siguió un silencio en el que la inspectora se sintió incómoda sin saber cómo actuar.

—De momento, todavía no sabemos quién fue, pero ya tenemos varias pistas que nos podrán llevar al culpable. Sin embargo, señora Etxeberria, me gustaría llevarla al Instituto de Medicina Legal, que está aquí al lado, para confirmar que es su marido.

Hicieron el camino entre la comisaría y el instituto en silencio. Vargas volvió a entrar en el edificio —ahora acompañada por Enara— cruzó los mismos pasillos de antes y pidió permiso al médico patólogo para poder entrar de nuevo.

—Señora Etxebarria, es necesario que identifique el cadáver.

La inspectora vio, con agrado, que el médico había "arreglado" el rostro del difunto, sobre todo en el maxilar disparado.

La reacción de la viuda fue la esperada por todos: primero gritó de horror y después lloró. Aún tocó el cuerpo inanimado de su esposo y lo llamó por su nombre, pero obviamente fue en vano.

Delicadamente, Vargas se acercó a Enara y la abrazó. Ésta lloró copiosamente en el hombro de la inspectora, preguntando: «¿por qué?».

Ya recompuesta, la inspectora acompañó a Enara y a la acompañante de nuevo hasta su despacho. Durante esos cinco minutos en que caminaron juntas, Enara estaba apoyada en la amiga, llorando a mares. Ya en el despacho, Vargas puso manos a la obra:

—Sé que es un momento difícil, pero necesito que me dé el máximo de información posible. Mire, en casos como estos, las primeras cuarenta y ocho horas son cruciales para detener al asesino.

—Haré lo posible para ayudar.

—No le molesta que esta conversación sea grabada por un compañero mío, ¿verdad?

—Claro que no.

—Su marido ha recibido tres disparos, ¿conoce usted a alguien que le quisiera hacer tal daño?

—No, no, para nada. Era una persona amable, con muchos amigos, nunca hemos recibido ninguna amenaza.

—Según sé, la señora ha dado la alerta de la desaparición de su marido a las 8:30 de esta mañana.

—Sí, es cierto. Ayer me acosté alrededor de las once de la noche y pensaba que él llegaría enseguida, pero en medio de la noche me desperté y vi que no estaba. No me preocupé, pues a menudo se quedaba a dormir en un pequeño barco que tenemos en el puerto de San Sebastián, o incluso, para no despertarme, había usado algún otro dormitorio de nuestra casa. —Enara hizo una pausa, era notorio que le costaba proseguir, a veces le caía alguna lágrima y usaba un pañuelo para limpiarse—. Alrededor de las siete de esta mañana me he levantado. Le he buscado por la casa y, al no encontrarlo, he decidido llamar a su móvil, pero sonaba y sonaba y no me cogía. He pensado que tal vez estuviese dormido y que le había quitado el sonido, le he quitado hierro al asunto, aunque eso no fuera un procedimiento habitual en él, jamás se quedaba dormido en el barco o en el hospital sin enviarme un mensaje. He decidido llamar al hospital y me han confirmado que no estaba allí y que había salido del hospital poco después de las diez de la noche. —Dio un largo suspiro y se quedó un momento ensimismada. Después siguió—: He vuelto a llamarle a su móvil una y otra vez y, al no obtener respuesta, he decidido ir a la comisaría, primero para ver si tenían alguna noticia de él, después para denunciar su desaparición.

—Señora Etxeberria... sé que voy a tocar un tema un poco delicado, pero es de veras importante... ¿usted sabía que su marido tenía una relación extramatrimonial?

La viuda abrió los ojos como platos, mostrándose perpleja con la pregunta, después bajó la cabeza y preguntó:

—¿Él estaba en ese sitio con otra mujer?

—Todo apunta a que estaba con otra mujer, sin embargo, no sabemos nada de ella.

Una pausa más, pero en esta ocasión la inspectora presintió que Enara ya no parecía tan dolida por la muerte del marido.

—A lo largo de nuestros veinte años de matrimonio hubo otras, le he pillado en más de una ocasión y estuvimos a punto de separarnos, pero... al final... no pasó nada. Seguro que tenía alguna amante o varias, no me sorprende que algún marido celoso estuviera detrás de esto. El que se acuesta con niños, amanece mojado...

—¿La señora ha conocido a alguna amante?

—No personalmente, pero vi mensajes en el móvil, sentí el perfume de otra en su ropa. Sé que una se llamaba Maite, que era compañera de él en el hospital, amenacé con dejarlo y llevarme a los niños, si él no terminaba la relación.

—¿Y terminó?

—Creo que sí, pero seguro que hubo otras, en el hospital es conocido como doctor faldero.

La inspectora, mientras la oía, pensaba que Enara estaba resentida con el esposo, que quizá incluso podría estar detrás de su muerte. Incluso podría haber contratado a un sicario. En esto, un agente entró en el despacho de Vargas y le pidió a la inspectora que le acompañase. A Vargas no le gustó detener la "charla" que estaba teniendo con la viuda y esperó que la interrupción mereciera la pena.

—Inspectora —dijo el agente con una larga sonrisa—. La mujer que estaba con el médico se ha entregado en la comisaría de Irún.

—Perfecto, traedla aquí lo más rápido posible —ordenó la inspectora.

Saliendo de la Cárcel

Después de haber cumplido cinco años por tráfico de drogas y blanqueo de dinero, Xabier Urrutia salía de la cárcel de Martutene, en San Sebastián. A lo largo de esos cinco años, imaginó casi a diario quién estaría esperándole cuando saliese; pensó que podrían estar su madre, su hermano, algunos amigos, la exmujer y, por supuesto, su hija. Consideró que podría no estar nadie, y eso tampoco le molestaría; era un hombre pragmático, frío, que no esperaba la compasión o empatía de nadie. No obstante, al salir, se alegró al ver que había cuatro personas esperándole.

Su exmujer había venido muy elegante y acompañada por la hija de ambos, de solo ocho años. Al lado de ellas estaba su mejor amigo desde la infancia, Muhammad Fayid. Un poco más alejada de todos, estaba Dolores, su trabajadora doméstica. No tuvo dudas sobre a quién abrazar primero; fue directo a su hija que corrió en su dirección y los dos se fundieron en un largo abrazo. Después, abrazó y besó a los demás. Respiró hondo, como si por fin pudiese respirar el aire puro y recomenzar una nueva vida fuera de las rejas.

Salía en libertad provisional durante un año, en caso de cometer cualquier infracción volvería directo al *talego*. Todas las semanas tendría que presentarse en la comisaría de Irún, no podría salir al extranjero y, en caso de querer viajar por

España, tendría que avisar a la policía. También estaba obligado a trabajar, en caso de no encontrar trabajo tendría que realizar servicios comunitarios. No obstante, ya había llegado a un acuerdo con un empresario —el cual lo había chantajeado en numerosas ocasiones— que trabajaría algunas horas para él.

Xabier Urrutia apenas se acordaba de cómo había empezado a traficar con droga. La primera vez tendría quince años, junto a Muhammad, haciendo algún recado para algún camello o vendiendo hachís a los compañeros del colegio.

En poco tiempo, vio que era un negocio rentable y, a los dieciocho años, ya era autónomo; no pedía dinero a sus padres y siempre llevaba ropa cara y una moto de gran cilindrada. Fue entonces cuando acabó en la cárcel por primera vez, pillado *in fraganti* vendiendo *costo* en la parte vieja de Donostia. Como no tenía antecedentes penales, solo pasó una noche en los calabozos y, al día siguiente, fue presentado ante el juez, quien le advirtió que una nueva infracción lo llevaría a serios problemas. Sin embargo, el problema serio que tuvo fue que su padre, al descubrir la mala vida que llevaba su hijo, lo echó de casa.

Vivió durante dos años en un piso compartido con otros amigos en el barrio de Gros, en Donostia, donde siguió con los trapicheos. No obstante, para entonces ya estaba cansado de lidiar con sus clientes, consumidores de drogas leves, y quería pasarse a un nivel más alto, con consumidores de cocaína que, en términos generales, eran personas más adineradas. Ese paso ocurrió cuando uno de los camellos de la ciudad fronteriza de Irún fue detenido y Xabier, con el apoyo de la organización narcotraficante, decidió sustituirlo.

UN CRIMEN CALCULADO

Xabier no era ingenuo y sabía que, tarde o temprano, también sería detenido; era solo cuestión de tiempo. Por ese motivo, quería ahorrar el máximo dinero posible para jubilarse pronto.

Hubo varios factores que contribuyeron a que Xabier no fuese encarcelado antes; el primero fue su inteligencia y perspicacia para intentar desviar la atención de sí mismo. Mantuvo un perfil discreto en su vida diaria: compró un pequeño piso en un barrio obrero, con solo dos habitaciones, cocina americana y un gran balcón con vistas a los macizos montañosos de Peñas de Aya. También compró un garaje en ese mismo barrio, donde guardaba un coche viejo y una Harley Davidson Iron 883, que había sido cara, pero era también su único capricho.

En ese garaje contrató un equipo para que hiciesen un suelo falso, a prueba de perros detectores de droga, para que pudiese esconder el producto. También compró dos estancos que servían de tapadera para blanquear dinero. Oficialmente, era empresario y vivía de los beneficios de esas dos tiendas, pagando impuestos de manera ejemplar.

Otro de los factores que le permitieron huir de los radares policiales fue desempeñar, sobre todo, el papel de proveedor de drogas a traficantes de poca monta; es decir, iba a buscar las drogas a sus contactos y después las revendía a los camellos locales. Nunca hacía esos intercambios en el mismo lugar ni a la misma hora, hablaba por códigos y jamás daba información personal. Las drogas leves y pastillas las vendía a gitanos y moros, que posteriormente trapicheaban en la plaza Urdanibia, en el centro urbano. Vendía cocaína a traficantes de guante blanco, que estaban acostumbrados a lidiar con personas más acomodadas. Cabe señalar que la ciudad fronteriza de Irún, con sesenta mil habitantes, vivía mucho de negocios legales y no tan legales que se llevaban a cabo en la frontera.

Los franceses, con mayor poder adquisitivo, venían habitualmente a las tiendas de la ciudad para aprovechar los precios más bajos. Entre esas tiendas estaban los bares de alterne, que eran, posiblemente, los negocios más rentables de la localidad y, por supuesto, un lugar donde las drogas tenían gran demanda. En esos locales, Xabier no usaba intermediarios; era él mismo quien iba a vender el producto, sobre todo cocaína, al propietario del *puticlub*, que posteriormente la vendía a sus parroquianos. Era aquí donde el lucro era mayor. En un fin de semana normal, Xabier podría ganar entre cinco y diez mil euros, que enseguida hacía circular por los diversos canales que tenía.

Por último, otro factor importante para desempeñar su oficio sin ser pillado fue el hecho de compartir información con el comisario de la Ertzaintza de Irún. Cabe decir que el comisario era un hombre honesto, que no recibía sobornos, pero no era tan ingenuo como para no saber que luchar contra la droga era una batalla perdida, así que lo mejor sería mantener el tráfico mínimamente controlado y que no apareciesen cuerpos junto al río Bidasoa. Tanto el comisario como Xabier tenían algo en común: ambos odiaban a violadores y pederastas y, cuando Xabier veía menores en los bares de alterne, alertaba al comisario, y este, a su vez, le informaba cuando había alguna redada.

Además de los dos estancos que servían de tapadera para blanquear dinero, Xabier tenía fondos en Suiza y Panamá a través de una empresa falsa que tenía con Muhammad. Si esto todavía era poco, Xabier había chantajeado a un pequeño empresario durante años y creó una identidad falsa. Este empresario era un individuo fanfarrón, con delirios de grandeza, que tenía un *call center* que prestaba servicios a empresas más grandes. Aunque su empresa fuese pequeña, él se consideraba uno de los grandes empresarios vascos, pertenecía al Partido Nacionalista Vasco y tenía ambiciones políticas. Todas las semanas acudía a los prostíbulos de la frontera, consumía cocaína y elegía a la prostituta más joven. Xabier vio allí una víctima perfecta para su plan. Cierto día, con el respaldo del dueño del establecimiento, puso cámaras en la habitación de una joven prostituta y le pagó para que dijera, delante del empresario, que era menor, aunque eso fuese mentira. Con la grabación en mano, Xabier visitó al empresario que vivía en una zona rural de la provincia de Gipuzkoa y lo amenazó.

—A partir de ahora, voy a enviar a esta empresa, todos los meses, cuantías entre veinte y cincuenta mil euros; el 80% irá a una cuenta bancaria en Francia y lo demás es para usted.

Al inicio, el empresario rechazó, pero, al ver la grabación, tuvo que apechugar y hacer lo que aquel traficante decía. Tampoco se quedó perdiendo, dado que el 20% de todo aquel dinero iba directo a su bolsillo sin levantar un dedo.

Esa cuenta bancaria en Francia estaba a nombre de Mario Gómez, la identidad falsa de Xabier. Ahora bien, este previó que, cuando fuese detenido, todo aquello que estaba a su nombre podría ser aprehendido y quizá la empresa falsa que tenía dinero en Suiza y Panamá también podría caer, así que creó la figura de Mario Gómez. Cierto día, se presentó en la ventanilla de un pequeño banco francés, enseñando falsos documentos, diciendo que era un empresario del sur de España que residía en Francia y quería abrir una cuenta. En poco tiempo, Xabier, o mejor dicho, Mario Gómez, pasó a ser uno de los mejores clientes del banco.

Pero no todo fue un camino de rosas para conseguir una fortuna. Xabier tuvo que lidiar con los gajes del oficio. En algunas ocasiones, los camellos de poca monta con los que trabajaba intentaban engañarlo con dinero falso o, peor aún, iban a los lugares de entrega, arma en mano, amenazándole. Por lo que Xabier tuvo que contratar profesionales que recuperasen la mercancía y rompiesen piernas y dientes. Entre finales de los años 90 y el comienzo del nuevo siglo, también tuvo que enfrentarse a otro problema: ETA. Pues el grupo terrorista estaba contra el tráfico de drogas, ya que, según ellos, adormecía el espíritu revolucionario y luchador de los jóvenes. Aunque, la verdad sea dicha, varios miembros del grupo terrorista trabajaron directamente con el colombiano Pablo Escobar, enseñando a fabricar bombas a cambio de cocaína que posteriormente vendían para financiar y mantener viva la llama de la lucha independentista. Xabier tenía que pagarles el impuesto revolucionario para que estos le dejasen en paz.

El traficante nunca quiso ensuciarse las manos con sangre, sabía que una cosa era ser detenido por tráfico de estupefacientes, otra bien diferente era ser preso por asesinato. Por lo tanto, tuvo muchas luchas a lo largo de los años, tuvo muchas ganas de coger un arma y hacer justicia por sus propias manos, pero siempre logró controlar su ímpetu y mandaba a otros a hacer la guerra sucia. Sin embargo, cabe señalar que Xabier tenía varias armas en su poder y todas ellas registradas a su nombre. Era socio de un club de caza, donde pagaba una cuota mensual, aunque nunca participó en ninguna cacería ni nadie del club le conocía personalmente, simplemente pagaba las cuotas para poder justificar el usufructo de las armas de fuego. En sus transacciones y trapicheos llevaba siempre encima un pequeño revólver escondido que solo usó un par de veces sin matar a nadie. En casa dormía con una escopeta bajo la cama, que estaba siempre cargada, incluso si su hija dormía en casa. Tenía todavía otra arma, de fabricación casera, sin ningún registro de propietario, que había escondido en el hoyo que mandó construir en su garaje. Fue esa arma la que mató al médico Asier Zabala.

Durante los veinte años que traficó, tuvo varias oportunidades de subir en la jerarquía del cártel; no obstante, no ambicionaba trepar en la empresa. Sabía que cuanto más alto llegase, más enemigos tendría, más agobiado andaría y mayor sería la caída cuando le pillasen. Estaba contento y cómodo con el territorio que gestionaba, la frontera entre dos países; eso ya le daba mucha faena y millares de euros. Muhammad, su amigo de infancia, controlaba la ciudad de San Sebastián; sin embargo, podemos decir que no era tan precavido como Xabier y, en dos ocasiones en los últimos años, fue detenido y pasó casi diez años en la cárcel. Desde la penitenciaría de Martutene, seguía conduciendo el negocio y jamás se le pasó por la cabeza dejar de traficar. En los años que pasó en el talego, pidió a Xabier dirigir desde el exterior las operaciones en su zona. En esos momentos, los ingresos de Xabier se duplicaban, pero los problemas también, y cada vez más soñaba con dejar todo aquel jaleo e incertidumbre y disfrutar de su cada vez más robusta fortuna. Fue invitado por el cártel a asumir un papel más preponderante en la organización, que declinó siempre que pudo; sin embargo, cuando algún cabecilla era detenido o asesinado, Xabier tenía que asumir, momentáneamente, las riendas de la firma hasta que algún sustituto fuese encontrado. Esta falta de ambición dentro del cártel era vista por muchos como incomprensible, pero por otros como un gesto de inteligencia, y casi todos confiaban en él.

Volviendo a las cuatro personas que le esperaban a la salida de la cárcel, podemos decir que eran las figuras más importantes de su vida, dado que las ligaciones con su familia eran casi nulas. Su madre le fue a visitar una única vez en la cárcel, en secreto, y aunque tuviesen cariño uno hacia el otro, enseguida se quedaban sin tema de conversación. Ella no entendía el motivo de su hijo para ser un bandido. Xabier, en cambio, sentía que no tenía que justificar sus decisiones; tampoco culpaba a sus padres por haberse alejado. Obviamente, ningún padre o madre quiere que el hijo sea traficante, pero este había sido el camino elegido y no había marcha atrás. La última vez que vio a su padre fue en el entierro de éste, víctima de la primera ola del COVID, cuando Xabier ya se encontraba detenido. La madre le llamó informando de lo ocurrido y el hijo sintió un poco de lástima, pero no suficiente para llorar o ponerse triste; preguntó a la madre si quería que fuese al funeral y ella le dijo que sí. Fue al cementerio acompañado por dos policías, lo que avergonzó a su familia, sobre todo a su único hermano, que, para colmo, era agente de la *Ertzaintza*. Por las restricciones que se vivían en los momentos de la pandemia, solo eran permitidas quince personas en el entierro, y Xabier se sintió ridículo allí, viendo cómo sus tíos y primos susurraban y miraban hacia él. No obstante, tuvo otro sentimiento que no esperaba: echó de menos al padre, de los tiempos de infancia cuando iba con él a pescar. Iban a la playa de la Concha, en Donostia, o iban hasta el pueblo natal de la madre, que era de una pequeña localidad en el interior de España. El padre le había echado de casa cuando supo que trapicheaba con droga y, desde entonces, sus caminos se habían distanciado. Cuando la hija de Xabier nació, los progenitores quisieron conocerla, y parecía que podría haber allí un re-acercamiento, pero el padre apenas supo que su hijo seguía con la mala vida, no quiso tener ninguna relación con él, solo hablaba con Clarice, la madre de la niña, para poder estar con la nieta una vez al mes.

Como ya se ha dicho, tenía un hermano, de nombre Iñigo, que era agente de la *Ertzaintza* y miraba con vergüenza a su hermano. Tener un hermano traficante de drogas era como una mancha que jamás lograría quitarse del uniforme, y no entendía cómo no le había detenido antes. Iñigo tenía un matrimonio feliz; su esposa fue su primera novia, de los tiempos del instituto. Era funcionaria y trabajaba en los laboratorios del hospital de la ciudad de San Sebastián. Los dos tenían solo un hijo, aunque soñaban con tener una familia numerosa, pero como tenían problemas para concebir, se quedaron solo con aquel niño. La relación entre los dos hermanos era nula, aunque ambos sentían algo de remordimiento por la situación y se echaban la culpa mutuamente.

Para Xabier, su verdadero hermano era Muhammad. Eran los mejores amigos desde críos. Muhammad ya había nacido en España, pero sus padres eran marroquíes, inmigrantes que tenían la intención de ir a vivir a Francia. Sin embargo, al tener problemas en la frontera entre España y Francia, se fueron quedando en el lado español y se instalaron en la capital de la provincia de Gipuzkoa. Muhammad tenía dos hermanos más y pasaban gran parte del tiempo libre en la calle, jugando y peleándose. Se notaba que los padres de Muhammad manejaban poco dinero; en invierno, los hijos llevaban poca ropa y tanto el vestuario como el calzado pasaban de hermano a hermano. Muhammad contrajo matrimonio con una mujer árabe y, aparentemente, llevaba una vida de musulmán practicante, pero, en verdad, era un consumidor asiduo de alcohol y cocaína. Xabier era el padrino de su primera hija y tenía un enorme aprecio por su amigo, y ahora que salía de la cárcel, Muhammad tenía esperanzas de que Xabier cambiase de opinión.

—¿Y qué vas a hacer? —le preguntó Muhammad.

—Despilfarrar el dinero que gané —sonrió Xabier.

—Vas a echar de menos esto: el poder; ganar mucho dinero; el miedo que los demás tienen de nosotros. Vas a ser un don nadie.

—Es lo que quiero. Andar tranquilo en la calle sin tener que mirar hacia atrás a ver si algún policía viene pisándome los talones. Voy a pasarlo bien, hermano, voy a gastar el dinero y vivir como un rey, sin más miedos.

Otra de las personas que le esperaba era Clarice, su exmujer, con la cual tenía muy buena relación. Clarice había nacido en el lado francés del País Vasco, el padre era español y la madre francesa. Decidió irse a vivir a la ciudad de Irún, pues le gustaba más la vida animada española que la tranquilidad francesa. Se casó con solo veinte años, sin el consentimiento de los padres, con un joven que más tarde la maltrató física y psicológicamente. Después del divorcio traumático, estuvo muchos años sin pareja hasta que conoció a Xabier. Ella era profesora de francés en una academia de idiomas mientras él era un alumno. En la cena de Navidad de la academia, los dos empezaron a hablar de las clases, luego de películas, música, relaciones amorosas y terminaron por acostarse juntos esa noche. Clarice siempre supo a qué se dedicaba Xabier y siempre pensó que el amor le cambiaría, que dejaría el trapicheo por una familia. Los dos se amaban y, para Xabier, los mejores momentos fueron cuando cada uno vivía en su casa y se veían solo los fines de semana o en alguna ocasión entre semana. En el momento en que se fueron a vivir juntos, la rutina, las manías de cada uno y las discusiones por tonterías fueron desgastando la relación hasta que Xabier pidió, educadamente, que Clarice saliese de su casa. Él siempre había dicho que solo dejaría el negocio cuando fuese detenido, hasta entonces, su objetivo era juntar el máximo de dinero posible. Sin embargo, Clarice soñaba que el amor que compartían haría que Xabier cambiase de opinión, pero eso no pasó y, cuando él rompió la relación, Clarice decidió quedarse embarazada. Jugó su última carta, esperando que la hija pudiese, por fin, persuadirlo.

Para Xabier el nacimiento no esperado y no querido de una hija fue un duro golpe. Él solía usar una frase que había visto en una película: «no admitas nada en tu vida que no puedas dejar en 30 segundos». Y tener una hija cambiaría toda su filosofía de vida, ahora tenía un punto débil, un punto que sus enemigos podrían usar. No le gustó la noticia, pero la aceptó y pensó en ser un buen padre, no el mejor padre del mundo, no, sólo un buen padre. Lo tenía claro como el agua que no iba a dejar el trapicheo por la hija, sí que quería jubilarse de aquella vida, pero quería que fuera cuando la policía le pusiera las manos encima, hasta entonces, seguiría haciendo dinero.

Para terminar, la otra persona que le esperaba era Dolores, la señora que una vez a la semana le limpiaba la casa y hacía los demás quehaceres domésticos. Dolores era de origen ecuatoriano, y había salido de su país con su marido y dos hijos en busca de una mejor vida. Primero, quisieron irse a los Estados Unidos, pero como era más difícil entrar, optaron por España. A través de una conocida, empezó a trabajar para Xabier: quitando el polvo, haciendo la colada, planchando la ropa, haciendo la compra y más algún que otro recado. La casa de Xabier era pequeña, y él era un hombre aseado, que le pagaba bien y la trataba con respeto. Un cierto día, Dolores compartió la información de que estaba en situación irregular en el país y tenía recelo de ser deportada; entonces, Xabier contrató un buen abogado y ayudó a Dolores y a su familia a regularizar la situación. Ese gesto hizo que Dolores sintiese una enorme veneración hacia Xabier. Por si no fuera suficiente, un día, Dolores se presentó a trabajar con un ojo morado y Xabier le obligó a decir quién le había pegado. En lágrimas, dijo que había sido el esposo después de una borrachera. Eso fue suficiente para que Xabier, al final de la tarde, surgiese en el bar donde habitualmente el marido de Dolores solía acudir para tomarse unas cervezas con sus paisanos y, con un golpe preciso en el cuello, lo dejase en el suelo. Con las botas, le pisó el rostro y lo amenazó, delante de todos los clientes, que si volvía a tocar a Dolores o a los hijos, terminaría en un hoyo en medio del monte.

Todavía no describimos físicamente a Xabier Urrutia. Podemos decir que era un hombre alto, con casi 1,85 m, que a los diez años, en un curso escolar, se apuntó a kárate y, desde entonces, se enamoró de las artes marciales. Llegó a cinturón negro y, después, deambuló por otras artes marciales. También le gustaba levantar pesas, y los fines de semana se iba con un grupo de montañeros por las montañas del País Vasco. Tenía un cuerpo hermoso, fibroso, con músculos bien definidos. Tenía algunos tatuajes en el torso: en el pecho, el escudo de la legión romana, pues tenía gran admiración por el Imperio Romano. En la parte superior de la espalda, hasta la nuca, tenía dibujada la corona de laurel. En uno de los hombros, tenía un casco romano tatuado. Tenía un rostro cuadrado, con un maxilar bien definido, llevaba barba corta, negra, que ahora, a los cuarenta y cinco años, ya empezaba a blanquear. La nariz era fina y puntiaguda; tenía los ojos almendrados de color castaño verdoso. Tenía poco pelo, por ese motivo, apenas vio que iba a quedarse calvo, decidió afeitarse la cabeza.

Era un hombre atractivo, sin ser guapo.

Era este el hombre que salió de la penitenciaría en un día primaveral, teniendo delante a las personas que amaba y que para él eran de verdad importantes. Salía con ganas de ser un simple ciudadano que había cometido un error y lo había pagado. A partir de ahora, solo quería disfrutar de su fortuna, rellenar el tiempo con sus aficiones y gastar el tiempo con aquellos que quería, sobre todo con su pequeña hija. En aquel momento, la posibilidad de volver a traficar droga era nula y jamás se le pasó por la cabeza que, unos meses después, mataría a un individuo.

La Amante del Doctor Zabala

Marta entró en casa temblando de pies a cabeza. Todavía no había asimilado lo que le había pasado. Alguien había matado al doctor Zabala y la habían dejado a ella con vida. ¿Por qué? ¿Quién? Salió de la escena del crimen en estado de shock, apenas conseguía conducir, las piernas le temblaban, los ojos no paraban de llorar, y las manos estaban sin fuerzas. Paró un par de veces y, en una de ellas, sopesó acercarse a la comisaría para informar de lo ocurrido, pero no tuvo discernimiento suficiente para hacerlo y solo pensó en irse a casa y tumbarse al lado de su pequeño hijo.

Aparcó su coche en el garaje, subió en el ascensor hasta su piso, siempre con miedo de toparse con algún asesino y entró en casa asustada. Lo primero que hizo fue verificar que su hijo dormía plácidamente y eso le dio un poco más de tranquilidad. Después, se acercó a la habitación de su exmarido y oyó su típico ligero ronquido. Se tranquilizó un poco más y decidió ducharse. Al entrar en el baño y encender la luz, vio que tenía la ropa llena de manchas de sangre. Volvió a exasperarse y recomenzó a llorar. Pasó un buen rato bajo el agua, intentando encontrar una línea de razonamiento lógica, pero no tenía fuerzas. Todo había sido tan rápido, tan violento que no conseguía salir de aquel estado de extrema conmoción. Puso la ropa ensangrentada en una bolsa de plástico y lentamente entró en la habitación de su hijo y se metió en la cama de él, abrazándole con cariño.

Su cabeza no paraba de dar vueltas; se sentía culpable, sin razón alguna. Sabía que su vida iba a dar un giro considerable y, justo ahora que las cosas empezaban a marchar bien, todo se volvía a torcer. Por supuesto, esa noche no logró conciliar el sueño.

Marta era madrileña, nacida en el barrio obrero de Vallecas. Su padre había fallecido cuando ella tenía solo ocho años, y la madre tuvo que cuidar de los tres hijos sola: dos chicos y Marta, que era la más pequeña. La familia siempre fue pobre, y Marta, para poder sacarse la carrera de enfermería, tuvo que trabajar en un bar del barrio. Tonteó con algunos chicos, pero nunca se había enamorado de verdad hasta que conoció a un joven vasco. Igual que ella, fue a las fiestas de San Fermín, en Pamplona, y ambos se enamoraron. Empezaron a verse los fines de semana, a medio camino entre Madrid y el País Vasco. Luego fueron presentados a la familia y a los amigos de cada uno, hasta el día en que Marta decidió dejar su pueblo natal y se fue a vivir a San Sebastián.

Le gustó, desde el inicio, el País Vasco; las ciudades parecían más limpias y organizadas, con una arquitectura de estilo francés y rodeadas de montes verdes tanto en verano como en invierno. Llovía bastante, pero el verano era ameno en comparación con Madrid, donde el calor era insoportable. Había maravillosas playas y calas en todo el litoral cantábrico donde le gustaba pasar el día, refrescarse o hacer una ruta por las montañas de vegetación exuberante de la región.

UN CRIMEN CALCULADO

Le dio pena dejar Madrid, sobre todo por la familia y por los amigos, pero enseguida se adaptó al norte. Consiguió trabajo en el hospital de la ciudad y, para obtener un puesto de funcionaria, tenía que aprender euskera, por lo tanto, decidió apuntarse a un *Euskaltegi* para obtener el perfil lingüístico. No solo le gustó aprender el idioma sino que también hizo muchos amigos en clase y empezó a tener una vida social. Poco a poco, fue encontrando excusas para no tener que ir a Madrid todos los meses, pues la verdad es que estaba muy a gusto con su vida en el barrio elegante de Gros, en Donostia.

Con Iker, su novio, la relación también iba viento en popa. Los dos tenían aficiones en común y siempre intentaban pasar juntos el máximo tiempo posible. No obstante, había una piedra en el zapato de Marta con relación al comportamiento de Iker. El joven estaba cada vez más viciado en los juegos online, casinos y casas de apuestas, y aunque siempre decía que tenía todo bajo control y que no pasaba de una simple afición, cada vez perdía más dinero y tiempo en ello.

Cuando abrieron las oposiciones de enfermería, Marta hizo las pruebas y obtuvo lo que tanto quería: ahora era funcionaria, con un buen sueldo. Para añadir más alegría a su vida, también se quedó embarazada. Era algo que la pareja buscaba, y decidieron casarse en una ceremonia civil con pocos invitados. Sin embargo, aquí se dio el punto de inflexión en la vida de ella. Su marido empezó a perder el control con el juego, y los pequeños ahorros desaparecieron. Le diagnosticaron ludopatía. Entró y salió de instituciones de ayuda para personas con esta patología, pero Iker recaía una y otra vez, hasta que el divorcio fue inminente.

Marta decidió dejar la capital guipuzcoana y se fue a vivir a veinticinco kilómetros al oeste, en el pueblo francés fronterizo de Hendaia. Eligió este lugar por dos motivos: el primero, porque las casas eran más baratas; y el segundo, porque quería que su hijo asistiera a un colegio público francés, donde podría aprender francés y euskera, mientras en casa hablarían en castellano.

Con el divorcio, Marta se implicó más en su carrera de enfermera y en la educación de su hijo. No tenía ganas de volver a tener una relación amorosa, pero tampoco cerraba completamente la puerta. En medio de todo esto, sin saber muy bien cómo ni por qué, se enrolló con el doctor Zabala.

Marta era una mujer de rostro hermoso, con un tono de piel muy moreno, ojos grandes y oscuros, pelo largo, ondulado y de color negro azabache. Era baja y tenía una lucha constante con su peso, pues tenía tendencia a ganar peso y eso se había agudizado con el nacimiento del hijo. Siempre había notado los avances del doctor Zabala, conocido también como el doctor faldero, pero nunca le había dado pie, hasta un día —tal vez por estar más deprimida, por soledad, porque le gustaban los hombres mayores, o simplemente porque quería tener privilegios en el puesto y uno de los caminos más sencillos era acostarse con el médico.

Sucedió en el barco de él, que estaba atracado en el puerto de la ciudad. Después, a lo largo de la pandemia, cuando salían a la misma hora, los dos iban en la misma dirección: él se quedaba en Irún y ella en Hendaia, y hacían el amor en aquel lugar inhóspito, en medio del bosque, donde Zabala sería asesinado.

UN CRIMEN CALCULADO

Marta no sentía amor por Zabala ni quería tener una relación seria; solo buscaba un momento de placer para huir de la rutina. Aunque también es cierto que, desde que la aventura avanzó, Marta pasó a ser enfermera jefa, dejando de hacer noches y, según las malas lenguas, era una de las favoritas para comandar la enfermería en la sección de dermatología.

Era en todo esto en lo que Marta pensaba mientras abrazaba a su hijo; sabía que ya no había marcha atrás, que su vida cambiaría a partir de ahora y temía que no sería para mejor.

Al levantarse, decidió ir a hablar con su exmarido; sin embargo, Iker había salido temprano de casa. Él había vuelto, una vez más, de una institución para dejar el vicio y, sin tener dónde caerse muerto, le pidió a su exmujer un lugar donde pudiera dormir hasta encontrar un piso. Marta aceptó. Además, le venía bien tener a alguien que cuidara de su hijo, e Iker, a pesar de sus muchos defectos y vicios, era un buen padre. Después, preparó la mochila del niño y lo llevó al colegio, siempre con buen humor. Allí le dio un fuerte abrazo y dejó caer una lágrima que el niño no vio.

Volvió a casa y se sentó delante del ordenador, buscando un abogado criminal. Vio precios, reseñas y se decidió por una abogada que tenía su bufete en Irún, casualmente cerca de la comisaría. Le contó toda la historia desde su perspectiva y la abogada le aconsejó ir enseguida a la policía y colaborar con ellos, asegurándole que no debería tener miedo. Así fue como Marta se presentó en la comisaría de Irún al mediodía y fue llevada inmediatamente al despacho de la inspectora María Vargas.

Vargas no cabía de contenta al ver a aquella mujer entrar en su despacho; parecía que la investigación iba a ser rápida. Al menos ahora ya tenía un testigo del lugar e incluso, quizá, una sospechosa. Marta, por su parte, prefirió ser atendida por una mujer, pues odiaba la mirada lasciva de los hombres cuando los temas eran más morbosos.

Después de las presentaciones, Vargas preguntó:

—¿Usted está lista para hacer su declaración?

—Sí, estoy —dijo enseguida Marta.

—Cuénteme, entonces, lo que pasó ayer por la noche.

—Bueno, ayer, alrededor de las once de la noche, el doctor Asier Zabala y yo salíamos de trabajar y, a veces, parábamos en aquel lugar para charlar un poco y también... hacíamos el amor.

Vargas notó el nerviosismo de Marta y le pareció normal, no obstante, extrañó que una mujer todavía joven, con poco más de treinta años, pudiese tener una relación con Zabala que era, como mínimo, diez años mayor que ella y, aparentemente, poco atractivo. Marta siguió:

—Ayer, cada uno se fue en su coche y paramos en el sitio de siempre. Salí de mi coche y entré en el suyo. Él tenía el aire acondicionado encendido y hacía calor dentro del vehículo, empezamos a hablar, después nos quitamos la ropa y me puse en su regazo, cuando, de la nada, alguien golpeó o disparó al cristal del coche y acribilló a tiros al doctor Zabala...

Marta empezó a llorar y Vargas le dio un pañuelo y un vaso de agua. Marta tardó un rato en incorporarse y siguió:

—El estruendo de los disparos fue muy fuerte, parecía que no terminaban. Me arrinconé en el asiento del copiloto y esperé que alguna bala fuera dirigida hacia mí y cerré los ojos. Cuando volví a abrirlos, ya no había nadie disparando, confirmé que no tenía ninguna herida, estaba ilesa, pero seguía con un pitido en los oídos debido a los disparos y, entonces, vi cómo Asier no se movía... —Marta volvió a llorar—. Le llamé por su nombre, le sacudí y, después, puse mis dedos en su muñeca, y vi que no tenía pulso. Incluso en aquella oscuridad se veía que tenía varios agujeros de balas y la sangre corría. Entré en pánico, no sabía qué hacer; pensé que el asesino podría cambiar de idea y venir a por mí. Salí del coche, tambaleándome, entré en mi coche y me fui a casa, temblando, con el corazón en un puño.

—¿Vio quién disparó?

—No, estaba oscuro, me pareció que llevaba algo en el rostro, una mascarilla o un pasamontañas.

La inspectora esperaba más información, solo una silueta era poco para encontrar al asesino.

—¿Pero sabe usted si era un hombre o una mujer? ¿Si era bajo o alto?

—Me pareció alto, pero no lo sé... fue todo muy rápido.

—¿Por qué cree que el asesino no la mató?

—No lo sé...

—¿Sabía usted si el doctor Zabala tenía enemigos en el Hospital? ¿Le contó algo?

—No, nunca me contó que recibiera amenazas. Había gente que le caía mal y seguramente, en el hospital, habrá gente que no le tenía aprecio, pero de allí a acribillarlo a tiros...

—Ustedes eran amantes, ¿verdad?

—Bueno... sí... —Marta titubeó un poco—. Éramos amigos con derecho a roce. Él me ayudó en mi divorcio, pero no teníamos ningún plan para ir a vivir juntos, éramos solo dos amigos que, a veces, nos encontrábamos, nada más.

—¿Usted conoce a la mujer de él?

—No, nunca la he visto.

—¿Él le contó algo de su matrimonio? ¿Sabía si estaban por separarse?

—No, él parecía contento con su familia. No hablábamos mucho de eso. Además, estoy segura de que tenía otras amantes aparte de mí, creo que su esposa sabía y hacía la vista gorda.

—¿Sabe si ella también tenía amantes?

—No, ni idea.

—¿Por qué no ha venido antes a la policía?

—Todavía estoy en estado de shock, ayer no pensé fríamente.

—Al salir del bosque, mientras conducía hacia su casa, ¿vio o escuchó algo inusual? ¿Algún ruido? ¿Una moto? ¿Más disparos? ¿Alguna persona rara? ¿Alguien la siguió?

Marta se inquietó con tantas preguntas y bebió un poco de agua, después respiró hondo y dijo:

—No, nadie me siguió y tampoco estaba en condiciones de observar fuera lo que fuera.

—¿Usted tiene algún arma?

—¡Por supuesto que no!

—Usted no tendría ningún motivo para pegarle un tiro, ¿verdad?

Marta respiró hondo.

—Estoy aquí para ayudar, no tengo ningún arma ni jamás he visto una, excepto ayer por la noche. Si queréis podéis ir a mirar mi casa, tengo la ropa que llevé ayer y está ensangrentada de toda la sangre que me salpicó del doctor Zabala. ¡Yo también soy víctima en esta situación!

—Me gustaría revisar su vehículo, señora Marta.

—Tendrá que hablar con mi abogada, inspectora.

—¿Usted ya tiene abogada? —María mostró un semblante de excesiva exageración.

—Sí, desde esta mañana —contestó Marta con sarcasmo.

—Hum, ya veo que tenía todo muy bien pensado...

—¿Qué quiere usted decir con eso? —preguntó Marta, enfadándose.

—Una última pregunta, señora, ¿ustedes solían venir por la autopista desde San Sebastián o por la carretera nacional?

—Por lo general veníamos por la autopista.

No había mucho más que hacer allí. La inspectora la dejó en libertad, con la condición de ayudar siempre que fuera necesario con la investigación y apuntó los datos personales de ella.

Vargas, al ver a Marta entrar en su despacho, pensó que el crimen estaba a punto de ser resuelto, pero ahora tenía varias dudas y pocas certezas. Todo apuntaba a un crimen pasional; alguien lo había matado posiblemente por celos o quizás quería dar esa idea.

En caso de ser un crimen pasional, haría falta saber con quién más se enrollaba el doctor faldero, si estas mujeres estaban casadas y si sus maridos lo sabían. También sería necesario averiguar, en el mundo profesional de Zabala, quiénes eran sus amigos y enemigos. ¿Quién ganaría con su muerte?

Reunió a su equipo y empezó por informar la situación para posteriormente dar órdenes.

—Bien, lo que tenemos hasta ahora es que Zabala fue asesinado por alguien que conocía el lugar donde los dos amantes se encontraban o que los siguió esa noche y ejecutó el crimen. Marta, la amante de Zabala, es de momento el único testigo y principal sospechosa; podría, por celos, haber disparado a Zabala a quemarropa y después montar la escena. Quiero que la vigilen las 24 horas: con quién habla, a dónde va, todo. Voy a pedir al juez un permiso para poner sus teléfonos y ordenadores pinchados. Mirad sus publicaciones en las redes sociales, las conversaciones, los amigos, todo.

Hizo una pausa.

—Haced lo mismo con la mujer de él, esa Enara. Mirad si tiene un amante, hablad con los vecinos, buscad a ver si el médico tenía un seguro de vida y si lo hizo hace poco. Hablad con familiares sobre la relación de los dos, si habían hablado de divorcio. Husmead todo sobre ella. Una cosa más, buscad en la central de tráfico las grabaciones de ayer a la noche, en la autopista, a ver si alguien les siguió y mirad otros meses, intentad ver si había alguien persiguiendo al doctor Zabala.

En esto, un agente interrumpe la reunión con una nota en la mano.

—Inspectora, creo que le va a gustar esto.

—¿Qué pasa?

—Nos han llamado hace nada, diciendo que ayer, alrededor de la medianoche, vieron un coche azul Ford Fiesta, huyendo a gran velocidad del lugar del crimen.

—¿Quién llamó?

—Era un número oculto y no se ha querido identificar, era una mujer con acento sudamericano, tal vez de Ecuador o Perú.

—¿Nos ha dado la matrícula?

—Sí, la tengo aquí, ya sé a quién pertenece, un tal Iker Martínez, que vive aquí al lado, en Gros.

Una Nueva Vida

Durante muchos días en la cárcel, Xabier había pensado e imaginado cómo sería su vida sin traficar droga y sin tener a la policía pisándole los talones. Ya no se acordaba de cómo era la vida antes de ser camello, de andar siempre en luchas con clientes que no querían pagar, con pequeños traficantes que intentaban engañarlo o con otros que querían ocupar su puesto. Reflexionaba, tumbado en su cama en la celda, cómo sería ser un hombre común, sin tener miedo de ser detenido o tiroteado.

Al regresar a su casa, confirmó que todo estaba igual, que el tiempo se había detenido en aquel piso. Sin embargo, parecía dudar de que su garaje también estuviera intacto.

Hacía muchos años, ordenó construir un suelo falso en ese garaje para poder esconder la droga. El día que fue detenido, pensó que tarde o temprano alguien daría con ese escondite, pero, para su sorpresa, ningún policía jamás le había mencionado eso, y ahora podía confirmar que el falso suelo estaba inmaculado. Los varios kilos de cocaína y hachís permanecían en el mismo sitio, al igual que los fajos de billetes y un arma sin registro. Sonrió y supuso que, si la policía hubiera hallado aquel escondite, su pena habría sido más larga. No obstante, sabía que su detención había sido una chapuza; el equipo que lo persiguió durante semanas o quizá meses no había tenido brío en la investigación, de lo contrario, habrían encontrado varios cabos sueltos. Sí, habían deducido que las tiendas eran tapaderas para blanquear dinero proveniente del tráfico de estupefacientes, pero no descubrieron que tenía una identidad falsa en Francia, ni que era dueño de una empresa fantasma con dinero en Suiza y Panamá.

El día que fue detenido no mostró sorpresa; llevaba años esperando esa detención. Sin embargo, el tiempo pasaba y parecía que era intocable. Llegó incluso a creer que había montado tan bien el negocio que nadie podría tocarle, aunque también confiaba en que, al saber la policía de su existencia y entendiendo que la lucha contra la droga jamás terminaría, preferían a un traficante con principios y valores antes que a un asesino despiadado.

Sin embargo, su hora llegó. Un gran despliegue policial se organizó en su calle justo cuando él llevaba varios kilos de cocaína en el maletero del vehículo y se dirigía hacia su mencionado garaje.

Unos días antes de su detención, sospechó que lo seguían varios agentes de paisano y un helicóptero que sobrevolaba la ciudad. No obstante, pensó que podría tratarse de una de sus muchas paranoias y manías de persecución. Creyó que eran casualidades y no dio importancia a las señales de alerta. Confiaba en que la policía de Irún estaba de su lado y que cualquier movimiento sospechoso por parte de la brigada antidroga nacional sería comunicado por los agentes locales, lo que le permitiría moverse con precaución. Sin embargo, la operación no había notificado a la policía local porque sospechaban que éstos estaban corrompidos.

UN CRIMEN CALCULADO

El agente encargado de la operación intentó, al principio, meterle miedo, diciendo que pasaría el resto de su vida en la cárcel y que lo mejor sería hablar y dar nombres. Xabier no contestó y pidió llamar a su abogado. Después, el agente le propuso que podría librarse de la cárcel e incluso recibir una nueva identidad para irse a vivir a otro lugar si entregaba a sus proveedores y colaboradores en el tráfico. Xabier respondió con una carcajada y pidió, una vez más, que llamaran a su abogado. Entonces, el agente, viendo que no abría el pico, cambió de táctica y lo amenazó con que, si no colaboraba, algún "accidente" podría ocurrirle a su hija. Xabier permaneció callado durante un rato, como si estuviera sopesando la sugerencia y, mirando a los ojos del policía, le dijo:

—Si alguien toca a mi hija, cuando salga de la cárcel iré a por su familia y los descuartizaré uno a uno.

Al agente le recorrió un escalofrío al oír la frase, pero lo peor fue ver cómo la mirada de Xabier era fría y dura y supo que cumpliría la amenaza. Vio que no merecía la pena presionarlo y lo entregó a la justicia.

En el juicio, predicó que era inocente y víctima de una trampa, pero las pruebas eran tan evidentes que el juez no tuvo ninguna duda en enviarlo detrás de las rejas. En la cárcel se juntó a los pequeños traficantes que deambulaban por el local y siempre intentó pasar desapercibido, ser solo uno más y acortar la estadía por buen comportamiento.

Si preguntasen a los guardias de la prisión sobre Xabier Urrutia todos dirían que era un prisionero ejemplar, obediente y nada conflictivo. No se drogaba, no fumaba ni se peleaba con los demás detenidos, además, era una persona educada que trataba a los guardias con amabilidad.

Podemos añadir un factor más al hecho de que Xabier no era un traficante trivial y fácil de identificar: Xabier no tomaba drogas. Conocía bien el producto que vendía, pero no lo consumía. La cocaína le dejaba con insomnio y paranoias, mientras que la hierba o el hachís le hacían sentirse torpe y perezoso. Tampoco solía beber alcohol, y el humo del tabaco le resultaba molesto. Era un hombre sano, le gustaba hacer deporte y llevaba una alimentación equilibrada.

Ahora que salía de la cárcel y ya no traficaba, tenía más tiempo para sus aficiones y hacía planes para viajar y despilfarrar su fortuna. Sin embargo, mientras se encontraba en libertad condicional, sus movimientos estaban sujetos a varias reglas y tenía que cumplir si no quería volver al *talego*. Por esa misma razón, todas las mañanas, durante cuatro horas, tenía que coger llamadas de personas que se quejaban de que el ascensor no funcionaba, que estaban presas en él, que un botón no funcionaba, que las llaves se habían colado por la ranura del ascensor y estaban en el pozo, que el ascensor hacía ruido, que daba tirones, que había gente mayor en el edificio, niños en cochecitos de bebé y un sinnúmero más de chorradas que todos los días vomitaban. Odiaba el trabajo, era repetitivo e ingrato. Además, recibía una miseria y se preguntaba a diario cómo sus compañeros aguantaban aquello. Trabajaba desde casa, pues desde la pandemia era una actividad que se podía hacer como teletrabajo, solo rara vez iba a la oficina y apenas conocía a sus compañeros y jefes.

Por las tardes iba al polideportivo, donde levantaba pesas y después se pasaba por la sauna. En otras tardes practicaba algún arte marcial o caminaba por los senderos de los montes cercanos. A veces iba a San Sebastián para estar con su hija y charlar un rato con su (único) amigo Muhammad. Eran tardes placenteras que le hacían sentirse bien con la vida; lejos quedaban sus luchas con proveedores y clientes del submundo de la droga. Ahora era un jubilado de cuarenta y cinco años, con dinero y salud para disfrutar de una vida tranquila y de ocio.

Todas las noches, después de una cena ligera, se entretenía viendo alguna serie o película en la tele; le gustaban las de acción, basadas en hechos reales, o alguna policiaca con agentes secretos y teorías de conspiración. No se perdía un partido de baloncesto, sobre todo si era de la NBA y jugaban los Chicago Bulls. No le gustaba el fútbol, pero le apasionaba el baloncesto, una afición que nació en los años noventa, cuando los Chicago Bulls de Michael Jordan, Scottie Pippen y Phil Jackson dominaban la liga americana. También vibró cuando la selección española fue campeona del mundo en baloncesto en 2006 y 2019, y varias veces campeona de Europa.

De hecho, en términos de nacionalismo o identidad, era una persona que se sentía española, europea y vasca, no en ese orden; de hecho, no había ningún orden. Creía que los nacionalismos eran ridículos, que los políticos los utilizaban para ganar votos y que las fronteras habían sido establecidas por el hombre según intereses económicos. Consideraba compatible sentirse español y vasco y llamaba paletos a quienes deseaban la independencia. Era un hombre práctico que no veía ninguna ventaja en ser una pequeña nación más en Europa. Para él, la Unión Europea sería una especie de Estados Unidos de Europa, con naciones federales y un presidente común. Aunque no siempre votaba, cuando lo hacía, apoyaba partidos pequeños o ecologistas, pues creía que los grandes partidos estaban llenos de burócratas y oportunistas. Muchos de los políticos que conocía eran consumidores de drogas, y otros tantos eran clientes de los prostíbulos de la zona.

Le gustaba pasar los fines de semana con su hija Erika. Era un padre cariñoso y atento que hacía todos los caprichos que la niña pedía. Iban casi siempre a comer fuera, después de pedalear un poco en bici por algún carril bici, y paraban en parques infantiles, donde la niña jugaba y Xabier se aburría mirando el móvil. En los días de lluvia —y teniendo en cuenta que en el País Vasco llueve la mitad de los días del año— se quedaban en casa haciendo manualidades o viendo dibujos en la tele. Por la noche, siempre terminaban contando historias de terror y dormían juntos.

Los fines de semana que no estaba con Erika, le gustaba caminar con un grupo de montañeros por los senderos del parque natural de Peñas de Aia —los montes entre las provincias de Gipuzkoa y Navarra. No obstante, era en esas noches de fin de semana cuando se sentía más solo y solía usar las redes sociales para conocer mujeres interesadas en una aventura de una noche.

En términos afectivos, Xabier había tenido dos relaciones más serias; una con Clarice, la madre de Erika y otra con una mujer diez años más joven que conoció en una de esas páginas de internet para encontrar pareja. Después de la primera cita, tuvieron muchas otras, hasta que la chica se fue a vivir a casa de Xabier. Pasaba el día tumbada en el sofá, consumiendo las drogas de su novio y viendo la tele. Solo se levantaba para comer, no para hacer la comida. Xabier enseguida se cansó de la holgazanería de su novia y, aunque fuese muy activa en la cama, rara vez tenían un diálogo interesante.

UN CRIMEN CALCULADO

Xabier era un hombre con muchas manías en su casa y le molestaba que sus rutinas fuesen cambiadas. La única persona a quien confiaba la total intromisión en su madriguera era la empleada Dolores, que, una vez a la semana, hacía los quehaceres domésticos. Por ese motivo, cuanto más tiempo pasaba, más se exasperaba con la presencia de la joven drogadicta en su domicilio e, intentando ser lo más sutil posible, le dijo que la relación no tenía futuro y que ella tendría que cambiarse de casa. La joven, al principio, lloró copiosamente, diciendo que le amaba mucho y quería una oportunidad más, pero, viendo que Xabier estaba irreductible, empezó a amenazarlo con que iría a la policía a decir que era traficante. Más por pena que por miedo, Xabier le dio un fajo de billetes y unos gramos de cocaína para que ésta desapareciese para siempre y, a partir de allí, concluyó que jamás volvería a vivir con alguien. Por supuesto que eso no quería decir que no tuviese aventuras casuales, pero desde un inicio dejaba claro que no buscaba una compañera de piso. Eso no quería decir que no quisiera tener una novia; al contrario, soñaba con encontrar una mujer madura con la cual pudiese envejecer, pero sin la necesidad de vivir bajo el mismo techo.

Si preguntásemos a Xabier Urrutia con cuantas mujeres se había acostado, él no sabría contestar. Además de esas citas de una noche que buscaba en páginas para ligar, tenía un largo historial cuando era proveedor de drogas en los prostíbulos de la ciudad. En esos tiempos, durante el fin de semana, casi siempre se acostaba con una prostituta y rara vez era la misma, pues no quería crear relaciones afectivas con ninguna. Sin embargo, desde su salida de la cárcel, no había vuelto a pisar esos antros y no tenía ninguna intención de volver.

La Perspectiva de Enara

Enara empezó a pensar que la promesa hecha por su amante Xabier iba a caer en saco roto. Posiblemente, él había reflexionado mejor y decidió no matar a su marido. Y este pensamiento no le entristecía; al contrario, incluso era un alivio, pues asesinar a alguien era demasiado cruel, sobre todo a su propio esposo. Sin embargo, también le molestaba la falta de noticias de Xabier desde aquel día en el monte San Marcial, donde los dos se despidieron, entre besos y abrazos, prometiendo volver a encontrarse seis meses después, sin tener ningún tipo de contacto hasta entonces. No obstante, ya habían pasado tres meses y su esposo seguía vivo, y no había ni rastro de Xabier.

A veces, Enara pensaba que había enloquecido. ¿Cómo era posible haber planeado la muerte del padre de sus hijos? ¿Cómo era posible haberse involucrado con una persona como Xabier? Un ex recluso que había pasado gran parte de su vida trapicheando drogas y haciendo Dios sabe qué. ¿Cómo se enamoró de semejante individuo? Ella, ya con cuarenta y cinco años, madre de dos hijos, siendo uno de ellos ya mayor de edad. Pero, la verdad sea dicha, amaba a Xabier con todas sus fuerzas y deseaba volver a estar en sus brazos y hacer el amor con él con pasión. En otros momentos, había tenido recelo de que

Xabier se hubiera olvidado del plan porque alguna joven mujer hubiera entrado en su vida y él se hubiese enamorado, lo que la dejaría en una situación ridícula. Hubo incluso momentos en los que pensó en llamar a su amante y cancelar todo el plan maquiavélico. No quería que nadie muriese; pediría el divorcio y se quedaría libre. Seguramente su esposo, Asier Zabala, no pondría obstáculos a la separación. Con todo, eso implicaba que Asier iba a salir de rositas de aquello que hizo, y eso tampoco le parecía justo.

En la noche en que su marido fue asesinado, Enara se fue a acostar a la hora de siempre, cerca de las once de la noche, después de haber leído un libro infantil con su hija de solo ocho años y después de haber pasado por la habitación de su hijo, dándole las buenas noches. Quería dormirse antes de que su esposo llegase para así no tener que intercambiar ninguna palabra con él.

Cada día que pasaba sentía más aversión hacia su presencia y le resultaba más difícil esconder su repugnancia hacia él. Desde que había iniciado la relación extramatrimonial con Xabier, no había vuelto a tener relaciones con su marido; hacía alrededor de un año que no se tocaban, y Asier tampoco la buscaba, ya que sus amantes le satisfacían en ese aspecto.

Enara se durmió con la ayuda de un somnífero y soñó profundamente hasta que se despertó en medio de la noche por algún ruido. Pensó que sería su marido roncando, pero, al mirar al lado de la cama, no vio a nadie. Se sobresaltó. ¿Habría ejecutado Xabier el plan? Sintió un escalofrío y no sabía si de verdad quería eso o, simplemente, que su marido se hubiese quedado dormido en el barco o en algún hotel con una de sus amantes. Salió de la habitación y fue a verificar si él se había acostado en otra habitación o en la sala. Nada; no había indicios de él. Miró su móvil y no tenía ningún mensaje suyo. Empezó a sospechar que el asesinato había ido adelante y sus piernas vacilaron. Dudaba si podría enfrentarse a la policía y a su propia familia, sabiendo que estaba involucrada hasta el cuello en el homicidio. Con el corazón en un puño, llamó al móvil de Asier, pero nadie contestó. Volvió a insistir, y la respuesta fue la misma. ¿Qué debería hacer ahora? No podía volver a la cama; estaba demasiado despejada e inquieta para dormir. Tampoco quería ir a la policía ya para informar de su desaparición; lo mejor sería esperar. Se dirigió a la sala, encendió la televisión y se quedó ensimismada mirando la pantalla, sin realmente estar atenta a lo que emitían. Durante esa larga noche de espera, varios pensamientos cruzaron su mente. A veces creía que Xabier había asesinado a un hombre cruel y que eso era la mayor prueba de amor que él podía ofrecerle. No obstante, también pensaba en que sus hijos iban a vivir sin padre a partir de ese día, y aunque fuese un padre poco presente e incluso negligente, era, al fin y al cabo, el padre de ellos, y ella no tenía derecho a matarlo. Pero también sopesó que, al final, había salvado a sus hijos de un padre que, seguramente, no respetaría sus decisiones y, además, temía que su pequeña hija pudiera sufrir abusos por parte de él en el futuro.

Suavemente, la sala empezó a iluminarse, y Enara decidió preparar el desayuno para sus hijos y tomar también el suyo. Después, llevaría a su hija al colegio e iría a trabajar como si fuese un día normal, con la excepción de que, de camino, pasaría por la comisaría para informar de la desaparición de su marido. Antes de salir de casa, llamó al hospital para confirmar que su esposo no se hubiera quedado de guardia o por alguna cirugía que se hubiera complicado. Desde el hospital le informaron que el doctor había salido a las once de la noche.

Después de haber dejado a su hija en el colegio, se presentó en la comisaría de la ciudad, donde fue recibida por un agente ya entrado en años, de aspecto bonachón. Este la escuchó con paciencia y quitó hierro al asunto, ya que solo empezarían a investigar cuando pasaran veinticuatro horas desde la ausencia de Asier. No obstante, anotó todos los datos y los ingresó en la red interna de la policía. Posteriormente, Enara se dirigió a su puesto de trabajo, tranquila y cada vez más confiada. Pidió disculpas a sus compañeras por el ligero retraso y, con un falso aire de preocupación, les informó de la posible desaparición de su esposo. Todas intentaron minimizar la gravedad de la situación y la alentaron a seguir llamando a su móvil o al de sus amigos.

A mediodía, cuando Enara ya se preparaba para ir a comer con sus compañeras y se mostraba bastante nerviosa y perturbada, recibió una llamada de la inspectora María Vargas. Entonces supo que Xabier había cumplido la promesa y soltó una ligera sonrisa.

Pidió a una compañera de trabajo que la acompañara hasta el Instituto de Medicina Legal, en San Sebastián, ya que estaba tan angustiada que no podía conducir. Durante el trayecto en coche, se mantuvo casi todo el tiempo en silencio; temía más que Xabier hubiese sido capturado que la muerte de su esposo. También temía no ser capaz de aparentar el rostro de una recién viuda infeliz ante la policía y que estos sospecharan que estaba implicada en el homicidio.

UN CRIMEN CALCULADO

Fue recibida por la inspectora, que le pareció mayor, dejada, con el pelo blanco y despeinado. No era obesa, pero tenía varios kilos de más y vestía ropa desgastada y ancha que no la favorecía ni parecía apropiada para una agente policial. Tenía un tono de piel moreno, con algunas manchas más oscuras y arrugas alrededor de los labios y ojos. Enara no necesitó disimular que estaba nerviosa, porque era evidente y temía que aquel nerviosismo incluso fuera exagerado y que la tal Vargas sospechara de algo enseguida. Le acompañó por el edificio hasta llegar a la morgue, donde, ya en lágrimas, vio que el padre de sus hijos estaba muerto. Lloró, gritó y fue abrazada por la inspectora. En un breve momento, se arrepintió de haber mandado matar al hombre con el que había compartido matrimonio en los últimos dieciocho años. En ese instante, estaba dispuesta a decir toda la verdad, a contar que su amante Xabier y ella habían planeado fríamente aquel asesinato, pero el momento pasó y Enara se recompuso.

Logró manejar sus recelos y sentimientos a lo largo de aquel pequeño interrogatorio al que fue sometida, dio a entender que su marido era un mujeriego, incluso dio el nombre de una de las amantes, y dejó caer que era posible que algún marido celoso hubiera cometido el crimen. Se mostró contenta al saber que todavía no había ningún sospechoso y que el nombre de Xabier no había sido mencionado.

Al volver a Irún, pensó que ahora tenía una tarea aún más difícil: contarle a sus hijos, suegros y demás familia el fallecimiento de Asier e iniciar todos los trámites para el funeral. Dudó que fuese capaz de mantener la cordura durante mucho más tiempo y le entraron ganas de abrazar a su amante para apaciguar su mente.

La Investigación
Prosigue

Dicha fuente anónima afirmó que un vehículo había salido a gran velocidad del lugar del crimen. A través de la matrícula, dieron con el propietario: Iker Martínez, que vivía en el barrio de Gros. No obstante, cuando llegaron a la dirección, los inquilinos aseguraron que no vivía allí nadie con el nombre de Iker Martínez y proporcionaron el número de teléfono de la casera del inmueble. Al hablar con la casera, supieron que ese individuo había vivido allí hace años con su novia, pero hacía tiempo que se había mudado y no sabía nada de ellos.

La inspectora pasó una nota interna a todas las patrullas para ver si localizaban el vehículo de Iker Martínez, aunque también consideraba que tal vez la pista fuera falsa, pues la fuente era anónima y, por supuesto, carecía de credibilidad.

Las horas iban pasando, y Vargas solicitó al juez instructor que emitiera una orden para registrar el vehículo y el domicilio de la —hasta ahora— única sospechosa y testigo del crimen: Marta. El juez frunció el ceño al ver que la dirección estaba en Francia y ordenó que se avisara a los gendarmes sobre esta operación. La inspectora —que sabía más por vieja que por inspectora— solo quería informar a los gendarmes y a la abogada cuando estuvieran llegando a la dirección, dando así poco margen de maniobra.

Antes de salir, se reunió con su equipo y preguntó si ya había alguna novedad en relación con a la viuda y la amante del doctor Zabala.

—Inspectora, la enfermera Marta no ha ido a trabajar y, según sabemos, ha estado en casa todo el día. Mientras la viuda está tratando los preparativos del funeral con los familiares.

—Vale, investiguen la vida de ambas, quiero saber todo sobre esas dos. ¿Y ya tenemos las grabaciones del peaje de la autopista?

—Sí, inspectora, ya llegaron. La víctima y la enfermera entraron en la autopista a las 23:12 y veinte minutos después salieron en la segunda salida de Irún, nadie les siguió.

—De acuerdo, buscad otros días en que los dos hayan salido juntos y mirad si hay algún vehículo que les persiguiera.

Salieron desde San Sebastián en dirección a la frontera, por la misma autopista que Zabala y Marta solían usar para sus citas amorosas. Poco después de cruzar al lado francés, la inspectora hizo dos llamadas: la primera a la gendarmería y la segunda a la abogada de Marta, quien hizo hincapié en estar presente en el lugar.

Marta estaba en casa con el hijo, su exmarido todavía no había llegado, supuestamente de su nuevo trabajo. Seguía aún aterrorizada con todo lo que había vivido, parecía una pesadilla y ella esperaba que dentro de un rato sonase el despertador y se despertase. Había tomado tranquilizantes y ahora empezaba a tener algo de sueño, pero quería esperar hasta que cayera la noche para poder conciliar el sueño junto a su pequeño hijo. También había llamado a su jefe, comentándole que se sentía indispuesta para trabajar, pero que quizás al día siguiente podría acudir.

Se estremeció al oír el timbre y casi temblando vio por la cámara que, en el portal del edificio, un grupo de policías, encabezados por la inspectora, esperaban para entrar.

—Sí... —contestó casi en un susurro.

—Señora Marta —dijo la inspectora con voz de mando—. Tengo aquí una orden para registrar su casa y su vehículo. Haga el favor de abrir.

—¿Ya hablaron con mi abogada?

—Sí, pero usted misma podrá llamarle, ahora haga el favor de abrir la puerta de una vez.

Y Marta hizo lo que la inspectora le ordenó: abrió primero la puerta del portal y luego la de su domicilio, en estado de shock. Posteriormente, cogió su móvil y llamó a su abogada, quien enseguida contestó que iba en camino y le recomendó colaborar con la policía.

Marta no logró esconder su terror al ver a un puñado de agentes entrar en su apartamento y dejarlo todo patas arriba, buscando lo que fuera. Cogió a su hijo y se encerró en la habitación de este, intentando distraerlo y evitar sus preguntas curiosas.

La abogada llegó, se presentó y quiso ver la orden. Esperaba que tal vez el juez se hubiese olvidado de poner la orden como internacional, dado que estaban en territorio francés, pero el juez había tenido ese cuidado y no hubo nada que la abogada pudiese hacer para entorpecer el registro. Simplemente acompañó el escudriñar de los agentes y aquello que ellos llevaban para analizar. No encontraron ningún arma ni balas y se llevaron la ropa que la enfermera había llevado en la víspera.

Tomaron fotos del piso y salieron con pocos objetos guardados en pequeñas bolsas de plástico.

Después, bajaron para inspeccionar el vehículo de la enfermera y, tras las primeras observaciones, informaron que debían llevarlo a un taller policial para examinarlo con mayor atención. La abogada protestó, pues Marta se quedaría sin medio de transporte para acudir al trabajo, pero Vargas hizo oídos sordos y ordenó una grúa para recoger el coche y llevarlo a San Sebastián.

La inspectora María Vargas consideraba que difícilmente encontraría alguna prueba relevante en el vehículo, pero no quería dejar nada al azar. Cuando todos ya se preparaban para regresar —con la noche ya caída, una temperatura rondando los tres grados y una niebla que iba envolviendo la zona—, la inspectora, que se disponía a arrancar, vio pasar un coche que frenó y comenzó a maniobrar para aparcar. Al principio no le dio importancia, pero luego, al ver que era un Ford Fiesta, se sobresaltó y salió del coche patrulla para verificar si la matrícula coincidía con la que estaban buscando. Al ver que sí era la matrícula que buscaban, sintió que el corazón se le salía del pecho y tuvo la certeza de que estaba cerca de resolver el caso.

—¿Este coche es suyo? —preguntó la inspectora al hombre que salía del vehículo un poco desconfiado al ver a tantos policías en la calle.

—Sí, es mío...

—¿Es usted Iker Martínez?

—Sí, soy... —dijo desconcertado.

Poco a poco, más agentes se fueron acercando al coche y confirmaron que era aquel que andaban buscando.

—¿Usted vive aquí? —preguntó la inspectora.

—Sí, ¿pero qué pasa? ¿Hay algún problema?

—Su coche fue visto ayer en un lugar donde se cometió un crimen.

—¡Qué! ¿Ayer a la noche? Estuve toda la noche en casa, con mi hijo.

La inspectora se quedó un momento en silencio, no quería asustar a la presa, pero era importante intentar sacar el máximo de información posible.

—¿Usted vive aquí en esta calle?

—Sí, en aquel edificio —apuntó al edificio de la enfermera.

—¿No será usted el esposo de la enfermera Marta?

—Bueno... estamos separados, pero... de momento, estamos compartiendo piso... por un problema que tuve...

De golpe, el puzzle del asesinato de Zabala se completaba.

Este individuo delante suyo, exmarido de la enfermera, en un acto de celos había asesinado al médico y Marta intentaba esconder la culpabilidad del padre de su hijo. Pensó que era necesario registrar el vehículo de aquel hombre para encontrar algún indicio de su presencia en el lugar del crimen, pero no tenía ninguna orden para hacerlo. Sin embargo, la abogada de Marta ya se había marchado y ella misma podría manipular al sujeto.

—Señor Martínez, ¿le importaría que echásemos un vistazo a su vehículo?

—¿Ahora? —extrañó Iker.

—Sí, con usted aquí presente, solo para descartar la posibilidad que su coche estuviera en el lugar del crimen.

—Vale... sin problemas. Quien no debe no teme.

Los agentes abrieron las puertas, miraron los tapetes, por debajo de los asientos, abrieron el maletero, indagaron los trastos que había por allí, hasta que junto a la rueda de repuesto se toparon con la lotería: un arma.

—¡Inspectora! —gritó un agente.

María Vargas salió con un paso apurado, con esperanza de encontrar algo importante. Iker, en cambio, extrañó el comportamiento de los agentes. Pensó que la historia del crimen era falsa y que, seguramente, habían sido enviados por alguien con quien tenía alguna deuda de juego.

La inspectora sonrió al ver el arma y se mostró orgullosa de su perspicacia. El caso estaba cerrado o, al menos, cerca de quedarse cerrado.

—Señor Martínez, ¿usted tiene licencia para portar esta arma?

—¿Qué arma?

—Es mejor que nos acompañe, señor Martínez, va a ser una larga noche.

Esa misma noche, la inspectora quiso hacer un primer interrogatorio a Iker, que no opuso resistencia ni propuso llamar a un abogado. El vehículo y el arma fueron enviados a los respectivos laboratorios y, una vez más, el posible acusado no esbozó oposición.

Desde que hallaron el arma, Iker sabía que alguien le había tendido una trampa y estaba casi seguro de quién era. Jamás se le pasó por la cabeza que fuese Xabier, quien, por cierto, ni conocía, pero pensaba en un individuo chino, al cual le debía dinero.

—Señor Martínez, ¿dónde estaba usted ayer a la noche? —Vargas inició el interrogatorio.

—En casa, inspectora, con mi pequeño hijo.

—En casa de su mujer, querrá usted decir.

—Sí, claro... estoy pasando una mala racha y le pedí para pasar unos días, o mejor, un tiempo en su piso.

La inspectora le otorgó una sonrisa burlona.

—¿Usted conocía al doctor Zabala?

Y la agente le enseñó una foto del rostro de la víctima.

—No, ¿quién es?

—Fue víctima de un homicidio, ayer. No sé si su exmujer le contó, pero ella estaba presente en el momento del asesinato.

Iker Martínez no entendía nada. La mañana del día anterior había hablado con ella; Marta le había dicho que haría el turno de tarde y llegaría ya de noche, para que él se quedara cuidando al niño. No se dio cuenta de su llegada por la noche y, por la mañana, Iker había salido temprano y no se había topado con ella.

María Vargas observó la cara de confusión de él y, por primera vez, consideró la hipótesis de que fuera inocente. Sopesó que tal vez Marta quisiera incriminarlo o que alguien con algún interés en la muerte del médico viese en él un blanco fácil.

—Su exmujer tenía una relación amorosa con este individuo y, ayer a la noche, alguien le disparó. ¿Usted sabía de este... romance?

—No, no sabía que ella estuviera saliendo con alguien...

—¿Pero seguramente tenía esperanzas de que hubiese una reconciliación?

—Bueno... no sé...

—Sí o no, señor Martínez —presionó la inspectora—. ¿Usted tenía esperanzas de recuperar a su exmujer?

—Sí, ¿pero qué importancia tiene eso? —chilló Iker que se sentía desconcertado.

—Tiene importancia pues, sabiendo usted que ella tenía una aventura con otra persona, pudo coger un revólver y matarlo.

—¡Eso es ridículo! —dijo él, volviendo a levantar la voz.

—Entonces, ¿cómo justifica que alguien le viera en el lugar del crimen y que tenga un arma en su vehículo?

—Alguien la puso allí.

—¿Quién?

—Alguien que me quiere incriminar.

—¿Quién? —volvió a preguntar la inspectora con agresividad y poca paciencia.

—¡No sé! —gritó él—. ¡Es usted la policía, descúbralo!

—Señor Martínez, va a pasar aquí la noche y mañana, cuando salga el informe del arma, es posible que sea acusado de homicidio. Será mejor llamar a su abogado.

—¡Abogado! —Iker sonrió con desprecio—. Si ni tengo dinero para vivir solo, ¿cómo voy a tener para pagar un abogado?

La inspectora salió de la sala y dio instrucciones para dejarlo arrestado. Había sido un largo día y estaba físicamente y mentalmente agotada. No obstante, se sentía contenta con la evolución del caso. En menos de veinticuatro horas ya había encontrado al posible culpable y también la posible arma del homicidio. Todo sucedió rápidamente, en la noche anterior, se había dormido en su reducido chalé en Francia y, una noche después, tenía entre manos un caso de asesinato casi resuelto, y todo aquel ajetreo y bullicio le había dado mucha adrenalina, se sentía viva de nuevo.

Con todo, al entrar en casa, volvió a sentir la soledad que le afligía habitualmente. Aquella casa, en el centro de San

UN CRIMEN CALCULADO

Sebastián, que el marido había heredado de los padres y donde habían criado a sus dos hijos, ahora estaba vacía. Y por mucho que el tiempo pasase, aquella soledad no disminuía; por el contrario, se agravaba y se sentía como un alma en pena que deambulaba por las habitaciones vacías. En esos momentos, se preguntaba dónde se habían torcido las cosas; cuándo había dejado de ilusionarse con la jubilación y ahora solo de pensar en ser una mujer jubilada le daba insomnio. Entonces, recordaba el día en que entregó los papeles para retirarse, con la esperanza de que el marido y ella pudiesen hacer los mil y un viajes que habían programado, y poco tiempo después, vino una pandemia que sacudió la humanidad y se llevó a su compañero. Y despúes, para complicar todo, aquel caso de la niña Ane que, sabiendo quién era el culpable, no logró juntar las pruebas para incriminarlo. Los medios de comunicación se echaron sobre la policía como buitres, los políticos apuntaron con el dedo al cuerpo policial, y sus propios compañeros quisieron quitarse el muerto de encima, dejándola vendida. Su profesionalismo y perspicacia habían sido cuestionados por todos, pero ahora las cosas parecían estar cambiando. En menos de veinticuatro horas había resuelto casi el homicidio y le daba igual si Iker Martínez había sido incriminado por alguien o no; lo importante era hallar un culpable y juntar el máximo de pruebas posibles. Y si él no era el culpable, entonces tendría que demostrarlo.

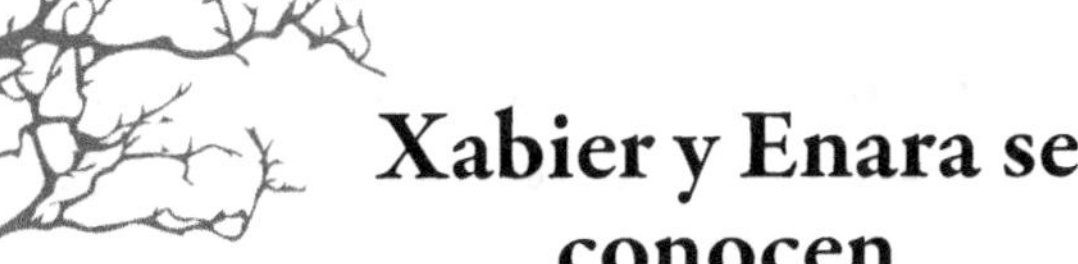

Xabier y Enara se conocen

Xabier era un hombre al que le gustaba pasar las vacaciones en lugares poco turísticos y con clima ameno. No le agradaban ni la muchedumbre ni el calor, por lo que jamás iba a las playas del Mediterráneo. Prefería conocer países menos frecuentados, como Albania, Timor Oriental o Guyana. Aunque prefería hacer estos viajes acompañado, la mayoría de las veces iba solo. Cuando pasaba unos días de vacaciones con su hija Erika, solía escoger un camping a solo cincuenta kilómetros de casa, en la zona suroeste de Francia. Era una zona cómoda, cerca de casa, con un amplio abanico de opciones de ocio tanto para niños como para adultos.

En un fin de semana con puente, Xabier decidió pasar unos días con la niña en uno de los *bungalows* más caros y confortables del camping. Cuando iban a la piscina, se topó con un sujeto que no reconoció, pero éste dijo su nombre:

—¡Xabier, Xabier Urrutia!

Al principio, Xabier pensó que era un antiguo cliente, pero después se acordó.

—Oh, Asier, ¿eres tú?

Xabier Urrutia y Asier Zabala habían nacido los dos en San Sebastián, en el mismo barrio y estudiado en el mismo colegio. Y, por casualidad, los dos habían ido a vivir a la ciudad fronteriza de Irún. A veces se topaban por el centro, en algún restaurante o en las fiestas de la ciudad y se quedaban un rato charlando.

Enseguida, Asier invitó a su excompañero de clase a ir hasta su *bungalow* a beber una cerveza, éste aceptó con agrado. Asier también pasaba ese puente de fin de semana en el camping con su mujer —Enara— y la pequeña hija de la pareja de solo ocho años. La pareja tenía otro hijo, pero éste, ya con dieciocho años, no le gustaba ir al camping con los padres y se excusaba que tenía que estudiar o que ya había quedado con algún amigo.

En el pequeño jardín que rodeaba el *bungalow* había una mesa donde, por lo general, comían y cenaban. Los dos hombres se sentaron en las sillas de la terraza, mientras Erika fue invitada por la hija del médico a ir a ver sus juguetes. Enara salió del bungalow para conocer a las visitas, y podemos decir que tanto Enara como Xabier no se enamoraron a primera vista, ni mucho menos. A Enara le pareció raro que aquel sujeto —que usaba una camiseta sin mangas, mostrando tatuajes y brazos musculosos— fuese amigo de su marido. Sus amigos eran, en su mayoría, médicos o gente del partido que, por lo general, eran viejos, encorvados y barrigudos. Xabier le parecía un profesor de alguna arte marcial o algún mafioso peligroso. Tenía una mirada desafiante, gestos tranquilos, y un pendiente en forma de aro que le daba un aspecto de pirata. A su vez, a Xabier le pareció que Enara era una mujer poco atractiva: era baja, delgada, muy morena, de rostro pequeño y ovalado, con el pelo muy negro, sin señales de canas, la nariz un poco grande y aguileña, y los labios finos.

Cuando dos personas que fueron amigos en la infancia o en la juventud se encuentran más de veinte años después, las conversaciones, invariablemente, van a centrarse en el pasado: en los antiguos compañeros del colegio; en los profesores; qué ha pasado con fulano; qué sucedió a mengano; con quién se casó Zutano.

Enara participaba intermitentemente en la conversación, le parecía que eran dos viejos contando las aventuras de cuando eran jóvenes y pensó si ella también hacía lo mismo cuando se encontraba con viejas conocidas.

Xabier era un hombre perspicaz y notó que aquella pareja debía tener problemas o ya estaban cansados uno del otro. Se percató de que Asier hablaba como si ella no estuviera presente y de que ella, siempre que tenía la oportunidad, se burlaba de Asier para lastimar su ego. Era algo casi imperceptible, pero Xabier lo notó y pensó que sería normal en una relación de tantos años. Después, los dos hombres, junto con las niñas, se fueron a la piscina, mientras Enara se quedó en el *bungalow*, diciendo que tenía que recoger unos trastos, aunque, en realidad, no tenía ganas de seguir oyendo a los hombres hablar sobre el pasado y de personas que no conocía.

En la piscina, las dos muchachas se quedaron chapoteando en el agua, mientras los padres, después de darse un chapuzón, decidieron ir a un chiringuito que había junto a la piscina y, desde allí, vigilar a las hijas.

—¿Y ahora qué haces? —preguntó el médico.

—Bueno... sabes que estuve en la cárcel, ¿verdad?

—Sí, sí, hablé con tu hermano entonces.

—Ahora trabajo desde casa cogiendo llamadas de inútiles que no tienen nada mejor que hacer que reclamar averías de ascensores.

—¿Así que has dejado el tráfico?

—Sí, con el dinero que ahorré ya puedo jubilarme.

—¿Y dónde puedo encontrar algo de droga? —preguntó Zabala

—¿Pero tú tomas algo? —Xabier se mostró sorprendido.

—Habitualmente no, pero, a veces, salgo en barco con unos amigos y, en ocasiones, tenemos invitadas a las que les gusta un poco de *coca*.

Xabier sonrió, pensó que Asier llevaba una doble vida. Por un lado, era un importante cirujano, buen padre de familia, pero, por otro lado, un hombre infiel que consumía esporádicamente cocaína.

—Te doy el teléfono de un amigo que vende; dile que me conoces.

Al atardecer los dos se separaron, ya un poco *cocidos*. Asier iba a cenar al *bungalow*, mientras Xabier cenaría en el restaurante del camping. Habían quedado en volverse a ver al día siguiente, dado que las dos niñas habían hecho buenas migas desde el principio.

Al día siguiente, sábado por la mañana, Xabier fue con Erika a la playa, estuvieron un par de horas allí y después fueron a comer a un restaurante en la orilla del mar. Al terminar la comida y, por insistencia de la pequeña, fueron a visitar a la pareja Asier y Enara para que las dos niñas pudiesen volver a jugar. Cuando llegaron al *bungalow*, Xabier golpeó suavemente la puerta y salió Enara con la niña; enseguida las dos muchachas entraron, mientras Xabier se quedó en la puerta y preguntó:

—¿Qué tal? ¿Todo está bien?

—Sí, pero anoche llamaron desde el hospital a Asier por una emergéncia y ha tenido que volver.

—Ah, vale...

UN CRIMEN CALCULADO

La situación fue un poco embarazosa; ni Xabier ni Enara sabían cómo comportarse para romper el hielo, y fue evidente para ambos el momento incómodo. Lo único que los unía era que sus hijas habían creado una amistad, lo cual implicaba que ellos dos debían tener un mínimo de relación.

—¿Quieres tomar una cerveza? —preguntó Enara.

—Solo si tú también la tomas —contestó él con una ligera sonrisa.

Ella fue a buscar dos botellines de cerveza, mientras él se sentaba en la mesa del pequeño jardín. Era un día soleado, con algunas nubes altas que pasaban despacio por el cielo, y la temperatura rondaba los veinte grados. El pequeño jardín tenía algo de césped, un poco descuidado, y alrededor del *bungalow* se encontraban arbustos que formaban un muro verde. En el camping había muchos árboles, en su mayoría pinos y alcornoques.

—Así que fuiste a la clase de Asier durante muchos años...

—Sí, tal vez unos cinco o seis años. Aunque, en verdad, nunca fuimos muy amigos, él se llevaba mejor con los buenos alumnos y yo con los sinvergüenzas.

Los dos sonrieron.

—Él, entonces —siguió Xabier—, era conocido como Asier *papalibros*, porque le gustaba mucho leer y era el mejor alumno de la clase.

—Ahora es más conocido como faldero —dijo Enara en un tono sarcástico.

Xabier se rio con ganas, también conocía el apodo actual del médico, pero pensó que la mujer no sabía o fingía no saber, y le gustó la manera en que bromeó con la situación.

—Sí —dijo él—, también he oído ese apodo.

Los dos permanecieron en silencio un rato y después él preguntó:

— ¿Y te molesta ese apodo? ¿Crees que hay fundamento?

Ella tardó un poco en contestar, parecía que estaba pensando en el tema y dio un trago al botellín.

—Sé que él me ha engañado con otra o quizá otras. ¿Si me molesta? Sí, un poco, parezco el hazmerreír de todos, la tonta.

Xabier no dijo nada, le gustó la respuesta y se preguntó por qué no estaban separados. Pensó que tal vez ella no trabajase y no tenía manera de mantenerse.

—¿Y tú estás casado, Xabier?

—Separado. La madre de Erika y yo estuvimos juntos algunos años, pero, al final, la relación no funcionó y cada uno siguió con su vida.

—¿Y os lleváis bien?

—Sí, somos amigos. Es más, nos llevábamos muy bien hasta que fuimos a vivir juntos. Entonces, cada uno tenía sus manías, hubo desgaste y terminamos por separarnos, pero tenemos muy buena relación de amistad. Ella volvió a casarse con otro tipo.

—¿Y tú?

—No, no volví a cometer el mismo error.

En esto, las dos niñas pidieron ir a la piscina y los padres las acompañaron e iban hablando alegremente. Ambos eran bilingües y hablaban tanto en euskera como en español, tanto decían Donostia como San Sebastián o Gazteiz y Vitoria.

Aquí hay que señalar un punto sobre la personalidad de Enara. Había nacido en Irún y decía con orgullo que sería de las pocas personas en la localidad cuyos abuelos también eran de Irún. Alardeaba con vanidad de tener los ocho apellidos vascos y aseguraba que nadie era más vasca que ella. De joven, apoyaba la independencia del País Vasco en su vertiente más radical: si era necesario obtenerla por la fuerza, así debía ser. Votaba a la izquierda *abertzale* y respaldaba a los *gudaris* de ETA. Participaba en manifestaciones en apoyo a los presos de ETA, a quienes llamaba "presos políticos". También se manifestaba en favor del idioma vasco y de su cultura. Cuando acudía a alguna oficina pública, exigía ser atendida en euskera y consideraba que los vascos que solo sabían hablar español eran vascos de segunda. Opinaba que un español venido del sur era tan inmigrante como un marroquí o un colombiano. Creía firmemente que España era el principal enemigo de los vascos, un país dictatorial y colonialista, y que solo con la lucha de guerrilla se podría obtener la independencia.

Mientras tanto, Enara creció. Su primer novio era, por supuesto, un vasco de pura cepa, igual que ella. Entró en la universidad, en Administración y Finanzas, y se especializó en Recursos Humanos. Para terminar la carrera, tuvo que irse un semestre a la capital del "enemigo": Madrid. Y fue allí donde ocurrió un punto de inflexión. Al contrario de lo que esperaba, le encantó Madrid; hizo amigas madrileñas, paseó por los jardines, museos, bares y discotecas de la ciudad, y no se sintió extranjera ni percibió odio de nadie hacia ella por ser vasca. Se moderó y empezó a ver las cosas de otra manera. Durante su estancia en Madrid, su novio la dejó por otra, una de sus amigas, y fueron las amigas madrileñas quienes la ayudaron a sanar las heridas y a seguir adelante.

Años más tarde, cuando ya trabajaba en el departamento de Recursos Humanos de una gran empresa de alimentación, conoció a Asier y empezaron a salir. Ninguno de los dos parecía estar enamorado, pero a ambos les gustaba compartir la compañía y la cama del otro, hasta el día en que Enara le informó que estaba embarazada.

Se casaron de forma precipitada, sin que ninguno de los dos estuviera seguro de estar actuando de forma correcta, pero ambos ya se acercaban a los treinta y creyeron que era hora de empezar a tener su propia familia. Fue un matrimonio con altibajos. Los dos tenían profesiones bien remuneradas, sobre todo Asier, y disfrutaban de un poder adquisitivo por encima de la media. Poseían una gran villa en la mejor zona de la ciudad, coches de alta gama, vacaciones en lugares exóticos y todo el confort que el dinero podía ofrecer. Los puntos bajos fueron las constantes infidelidades de Asier y las habituales discusiones de la pareja. Enara sopesó en diversas ocasiones separarse de su marido; sin embargo, se sentía cómoda en su villa, con sus hijos bajo su ala. Además, vivía cerca de sus padres y podía visitarlos a diario. Enara era exactamente el prototipo de la matriarca vasca, es decir, la mujer a la que le gustaba tener las riendas de la familia. Ella decidía dónde se celebraban la Nochebuena y la Nochevieja, cuándo se organizaban las comidas familiares, y, sobre todo, consideraba lo más importante que sus hijos permanecieran siempre cerca de ella; le daba igual con quién se casaran, mientras estuvieran siempre junto a ella.

Asier era un hombre que tenía la ambición de ser director del hospital de San Sebastián y, por ello, se había apuntado en las listas del Partido Nacionalista Vasco, un partido de centro que era ambiguo en relación a la independencia y que ganaba (casi) todas las elecciones. Por esa razón, Enara dejó de votar en la izquierda más radical; era una burguesa que vivía en doscientos metros cuadrados y dudaba sobre la independencia, considerando, ahora, que el centro conservador era el que mejor protegía sus intereses y patrimonio.

También hay que señalar que Enara nunca engañó a su marido. Nunca lo hizo porque nunca tuvo la oportunidad y tampoco dio pie a que eso pudiera pasar. En su trabajo estaba rodeada por mujeres; los pocos hombres que trabajaban en aquella oficina estaban casados o eran *solterones* poco interesantes. Sus pocas amigas eran mujeres. Sus aficiones eran ver películas y series, leer, programar vacaciones y decorar la villa; o sea, no tenía contacto con otros hombres y tampoco buscaba tener una relación extramatrimonial. Hay que añadir que Enara no se creía guapa. Siempre había sido acomplejada por su nariz, que le parecía excesivamente grande para el pequeño rostro que tenía. Además, era baja; no llegaba al 1,60 m y siempre había sido demasiado delgada, sin pecho ni trasero. En el colegio le llamaban "sardina" y ella, acomplejada con su cuerpo, llevaba siempre ropa oscura y jamás escotes o minifaldas.

En las piscinas, Xabier y Enara escogieron dos tumbonas juntas y se quedaron cerca de una piscina pequeña para niños. Enara se sintió avergonzada al quitarse la ropa delante de Xabier y quedarse solo en bañador, se sintió cohibida, aunque él, en ningún momento, tuviese una mirada o palabras inapropiadas. No obstante, tuvo otro sentimiento que la dejó inquieta: se percató de que algunas mujeres francesas allí presentes miraron de forma disimulada a Xabier y soltaron risitas adolescentes. Dudó si Xabier había notado o si estaría acostumbrado a aquellas situaciones. Sin embargo, le pareció una falta de respeto por parte de ellas, pues ellos —Xabier y Enara— podrían ser pareja. Pensó, entonces, que estaba claro como el agua que todos veían que los dos no podían ser pareja, que un hombre como Xabier no estaría con una *pequeña sardina* como ella. Por su lado, Xabier no se dio cuenta de la mirada de las mujeres francesas. Sí que notó que Enara no llevaba bikini como la gran mayoría de las mujeres, sino un bañador de natación, lo que le extrañó y sopesó que Enara tal vez tuviese complejos con su cuerpo.

Los dos pasaron la tarde en una tertulia animada, hablaron de cine, series televisivas, de viajes que habían hecho y, desde el inicio, vieron que tenían muchas cosas en común y que lo pasaban bien juntos. En medio de la conversación, ella le preguntó:

—¿Y cuál es tu profesión?

—¿Asier no te ha dicho? —dijo él desconfiado.

—¡No!

—Estoy jubilado —dijo sonriendo.

—¿Y eso?

—Bueno... durante veinte años me dediqué al tráfico de drogas, fui a la cárcel y ahora estoy jubilado y despilfarrando mis ahorros.

Enara se rio y pensó que él le estaba tomando el pelo.

—Venga ya... dime la verdad.

—¿No me crees? —preguntó Xabier con buen humor.

—No.

—Pues llama a tu marido y pregúntale.

Enara sospechó que él le estuviese vacilando y estuvo a punto de llamar a su marido; después oyó el relato de Xabier, de cómo empezó vendiendo droga, de cómo llegó a Irún, de cómo ahorró dinero y lo blanqueó y el momento de su detención. Enara sintió hacia aquel hombre dos sentimientos opuestos.

Por un lado, toda aquella historia de drogas, persecuciones policiales y cárcel eran cosas que la fascinaban y solo pasaban en el cine; pero, por otro lado, tuvo miedo de aquel sujeto. ¡Estaba al lado de un narcotraficante! ¿Hasta qué punto no era un hombre peligroso, un asesino, un tipo sin escrúpulos?

—¿Y nunca has pensado que, al vender drogas, podrías destruir personas o familias? —dijo con reproche.

—No —dijo él tranquilamente—. No estoy aquí para arreglar el mundo, solo vivo en él.

—Vive y deja morir —dijo ella con sarcasmo.

Xabier no dijo nada, aunque tuvo ganas de decirle que el marido, el día anterior, le había preguntado por cocaína y, sinceramente, estaba cansado de toda aquella hipocresía y de personas que se creían moralmente superiores a los demás.

—¿Y no te da miedo que tu hija pueda consumir drogas?

—¿De las legales o ilegales? ¿Antidepresivos o marihuana? A ver, he vendido drogas a políticos, jueces, médicos, policías, ricos y pobres, pero nunca maté a nadie ni mandé a matar. Tal vez en otras zonas del planeta eso pase, pero no aquí. La vida está hecha de decisiones, espero ayudar a mi hija a escoger el camino correcto, pero...

Enara decidió no atacarlo más, lo estaba pasando bien y le gustaba su compañía, y sí, Xabier tenía razón, ella no era nadie para juzgarlo. Ella misma había probado drogas leves en su juventud y supo parar y hasta dónde llegar.

—No tienes aspecto de camello —refirió Enara.

—Tampoco consumo drogas.

Este tipo de confesión por parte de Xabier hizo que la relación entre ellos se abriese más. Hablaron de sentimientos sin problemas y él la invitó a ir a cenar con ellos.

—Vamos a un restaurante aquí en la zona, ¿no queréis venir?

La hija de Enara contestó enseguida que sí, sin dar tiempo a la madre de encontrar una excusa. Xabier se dio cuenta de la vacilación de Enara y le dijo:

—Venga, vamos, lo paga Mario Gómez —bromeó él.

Poco a poco, ella empezó a sentirse encaprichada por él, de la vida que él tenía, de la forma relajada con la que llevaba la vida, de sus chistes de humor negro, de la atención y de las preguntas que él hacía. Le fascinaba cómo él hablaba tan bien francés, era caballero con ella y cariñoso con la hija. Por su lado, a Xabier le dio pena que Enara estuviera casada, pues rara vez en su vida había encontrado a alguien con quien, en tan poco tiempo, hubiera generado una complicidad tan grande. Cenaron los cuatro en la terraza de un restaurante caro, las niñas pidieron pizza mientras los adultos pescado. Visto desde fuera, parecía una familia feliz, con muchas carcajadas, y en la que se notaba, por la mirada de los progenitores, que la llama no se había apagado. Después de cenar, los cuatro fueron a dar un paseo. Ya en el camping, las niñas iban delante, corriendo entre las sombras de los árboles, y detrás los dos adultos riéndose de las tonterías que hacían las pequeñas.

Al día siguiente, domingo, Xabier y Enara habían quedado para volver a encontrarse después de la comida, y los dos deseaban tanto o más volverse a ver que las dos crías, que ya eran grandes amigas. Se encontraron, entonces, después de la comida y, básicamente, el día fue parecido al anterior: las dos niñas jugando y los dos adultos hablando y enamorándose sin darse cuenta. Estuvieron en la piscina, después fueron de nuevo al restaurante y, una vez más, pasearon bajo la luna en el camping. En esto, las dos niñas salieron corriendo y se perdieron de vista de los padres; Xabier, que ya esperaba una ocasión así, cogió suavemente el brazo de Enara y, sin que ésta lo esperara, la besó. Ella se mostró tan sorprendida con el beso que no tuvo reacción al inicio y se dejó besar, pero después recuperó la cordura y dijo:

—No, no puedo...

Y se alejó enseguida, desconcertada, llamando a la hija para volver al *bungalow*.

Para Xabier, aquel beso no significaba nada, o casi nada. Sí que tenía una debilidad por ella, le gustaba su carácter, le parecía inteligente, astuta, y había algo en su personalidad que le llamaba la atención. Se diría que incluso al inicio no le había parecido una mujer atractiva, pero ahora su mirada confiada y perspicaz le había encaprichado; sin embargo, podemos decir que Xabier no se ilusionaba mucho con toda esta situación. Intentó besarla porque la deseaba, quería pasar una noche con ella, pero no ambicionaba nada más. Ella estaba casada, tenía familia y parecía ser una mujer seria, de las que no tienen ningún desliz; pero tampoco tenía nada que perder y quiso besarla. Esa noche, no le dio más vueltas al tema, se acostó y, poco después, se durmió. Al día siguiente volvería a Irún y posiblemente no la volvería a ver y, si se topase con ella, no le pediría perdón por haberle robado aquel beso, porque, en verdad, no se arrepentía.

Enara, en cambio, sentía que se encontraba en alta mar, en medio de una tormenta. Cuando logró que su hija se cepillase los dientes y se metiera en la cama, Enara también se acostó, pero estaba demasiado desvelada para dormirse. Sí, aquel hombre la fascinaba, tanto físicamente como psicológicamente, pero jamás pensó en tener algún tipo de aventura con él. Es más, creía que a él le gustarían mujeres más jóvenes que se pasaban horas en el gimnasio, no señoras como ella. ¿Qué pretendía él?, se preguntaba. ¿Quería solo una aventura de una noche o algo más? ¿Cuáles serían sus verdaderas intenciones? Se levantó y deambuló por el pequeño *bungalow*. Aquel beso no le iba a dejar dormir. ¿Y por qué ella dijo que no, cuando también deseaba estar en los brazos de él y besarlo? Durante el fin de semana, quizá no se había dado cuenta, pero ahora, allí en aquel *bungalow*, sentía que le deseaba más que nada y tuvo un impulso de salir por la puerta, ir hasta él y acostarse con él. ¡Pero ella era una mujer casada! Se reprimió a sí misma, pero enseguida recordó que su marido siempre la había engañado con otras y que ella, teniendo la oportunidad aquella noche de vengarse, no lo hizo. Fue una larga noche para Enara, que no conseguía quitarse aquel beso de la cabeza y se arrepentía de no haber aprovechado la ocasión y seguir besando a Xabier. Esa noche decidió que, al día siguiente, antes de partir y regresar a Irún, pasaría por el *bungalow* de él y le diría que se encontrasen en breve, los dos solos.

Huelga decir que Enara pasó la noche en vela; hacía mucho que no se sentía tan alterada como aquella noche. Intentó acordarse de los sentimientos que experimentó con su primer novio, ya hace más de veinte años, y solo recordó a una chica ingenua que soñaba con almas gemelas y amor eterno. Después, su mente voló hasta el día en que se casó con Asier y se vio de nuevo con las dudas que le asaltaron ese día: tal vez hubiese amado a su marido, sí, casi seguro que sí, pero ya hacía muchos años que solo compartían un matrimonio desgastado, aunque desde fuera parecieran una familia feliz.

Al amanecer, se levantó y decidió hacer unos crepes para desayunar con Xabier y Erika. Se puso nerviosa, se sentía ridícula; los sentimientos que ahora la asaltaban le parecían cosas de adolescentes, pero, la verdad sea dicha, era algo que no quería ni podía controlar por completo. Se miró al espejo y vio unas ojeras de campeonato tras una noche en blanco y dudó en encontrarse con él. Tenía poca confianza en sí misma y menos aún en su aspecto físico. Estaba hecha un manojo de nervios, hasta que su hija se despertó, y Enara se tranquilizó. Le contó entonces la idea de sorprender a Erika y a Xabier con los crepes que había hecho. La niña se mostró contenta enseguida, y las dos se dirigieron al *bungalow* de ellos.

Xabier estuvo toda la mañana ajetreado con las maletas, preparándose para partir y entregar a Erika a su exmujer, según lo previsto. Al ver a Enara llegar con un plato de crepes, supo al instante que ella no solo no estaba enfadada u ofendida por el beso del día anterior, sino que posiblemente estaría interesada en algo más. Se dio cuenta, por su mirada tímida y cómplice, de que el deseo que sentían era mutuo, pero ahora estaba decidido a que fuera Enara quien tomara la iniciativa.

Los cuatro comieron crepes con varias salsas, acompañados de leche y té. Las niñas jugaban y daban voces, y los padres se reían.

—Qué lástima que no estén en el mismo colegio —dijo Xabier—. Serían grandes amigas.

—Siempre se pueden encontrar en algún parque —refirió Enara, con la mirada tímida, esperanzada de que Xabier dijese algo.

—Sí, podríamos encontrarnos en algún parque... algún día —dijo Xabier, mirando a los ojos de Enara.

—Vale, entonces sería mejor intercambiarnos los números de teléfono —dijo ella sin desviar la mirada.

84

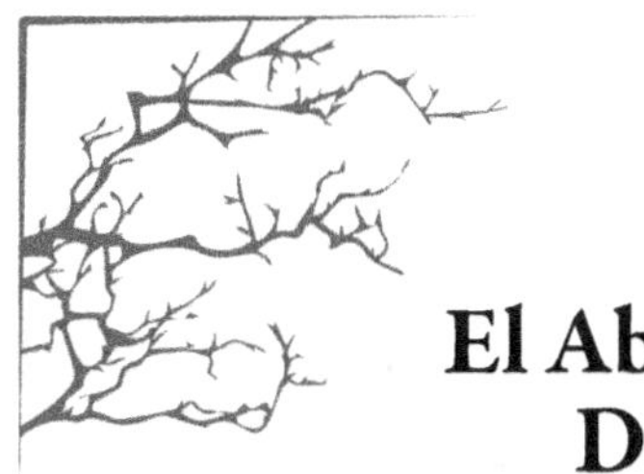

El Abogado de Defensa

Beñat era un joven abogado que, al terminar la carrera de derecho, no encontró trabajo enseguida, así que aceptó con gratitud los servicios de abogado de oficio; es decir, cuando un acusado no tenía suficientes medios económicos para contratar un abogado particular, sería él quien lo representaría. Después de mucho buscar, consiguió un trabajo en un bufete de abogados y, ahora, ya no veía con buenos ojos representar a personas sin dinero por una bagatela. No obstante, había firmado un contrato con la Fiscalía General y ese contrato todavía estaba vigente.

Recibió una carpeta con la documentación sobre el proceso. Un tal Iker Martínez estaba acusado de haber asesinado a un médico, que era una figura importante del hospital de la ciudad. Todas las pruebas indicaban que Iker había sido el autor del homicidio: el arma del crimen había sido hallada en su vehículo, plagada de huellas suyas. En el lugar del crimen también se encontraron colillas con su ADN. Una llamada anónima había confirmado que el coche de Iker había pasado a gran velocidad cerca del lugar del crimen, aunque, al ser anónima, dicha llamada no tenía ningún valor. El móvil del crimen podría ser los celos por su exmujer, que andaba enrollada con otro. Según el informe, Iker Martínez sufría de ludopatía y había ido a parar un par de veces a clínicas de recuperación, pero siempre terminaba por recaer. Tenía trabajos temporales, con sueldos bajos y una cuenta bancaria casi a cero. Lo único que tenía a su nombre era aquel viejo coche. Separado, vivía aún en casa de su exmujer, aunque la relación entre ellos no se hubiese reanudado. Beñat se percató de que el acusado nunca había sido encarcelado ni tenía registros de violencia. También leyó en el informe que Iker no asumía el homicidio y hablaba de un complot, ya que debía cerca de cincuenta mil euros a un empresario chino que tenía un local de apuestas. Para el abogado, incluso antes de hablar con su cliente, él era culpable; las pruebas eran muy claras y su intento de echar la culpa a un chino al cual debía dinero era, como mínimo, ridículo.

Decidió ir a visitar a su cliente a la cárcel. Iker Martinez se encontraba en el calabozo de la *Ertzaintza*, en el centro de San Sebastián. El abogado se movía por el edificio policial como si fuese un viejo conocido, ya había tenido varios clientes allí y conocía a gran parte de los agentes. Abogado y acusado fueron a una pequeña sala, donde solo había dos sillas y una mesa que tenían aspecto de nuevas. Después de las presentaciones, el abogado inició el diálogo:

—Señor Martínez, he leído su informe y tengo que decirle que se encuentra en una situación delicada.

—Sí, ya sé, pero quiero que sepa que soy inocente.

—¿Y cómo justifica que sus huellas estuvieran en el arma del crimen y ésta en su vehículo?

—Alguien las puso allí.

—¿Desconfía de alguien?

—Sí... tal vez... debo cerca de cincuenta mil euros a una casa de apuestas, en Irún, el dueño es chino y ya me ha amenazado un par de veces.

—¿Y qué ganaría él mandándolo a la cárcel? Así no va a recuperar su dinero.

Iker se quedó un rato en silencio, como si estuviese pensando en esa hipótesis, pero en su cabeza esa era la única posibilidad.

—Pues, no sé lo que ganaría. A lo mejor, quería hacer de mí un ejemplo.

El abogado pidió que describiera los pasos que había dado en la noche del crimen. Luego, preguntó si conocía a la víctima, si su exmujer alguna vez había hablado sobre él, si además del chino tenía algún enemigo.

—¿Usted sabe disparar un arma, señor Martinez?

—No, nunca he tenido un arma de fuego en mis manos.

—¿Tiene una copia de la llave de su coche?

—No, solo tengo una llave y siempre la llevo encima. Es posible que alguien lograra abrir mi coche con una llave falsa.

—O podría haber sido su exmujer —lanzó el abogado, esperando una reacción.

—No, ella nunca haría eso —negó firmemente el acusado.

—¿Por qué?

—Porque no ganaría nada con culparme, ella fue de las pocas personas que me ayudó en mi vida... —la voz de Iker sonaba más débil y casi parecía que iba a llorar—. Ella es tan víctima como yo en esta historia.

El abogado no estaba tan seguro de eso. Quizá alguien le había dado dinero o chantajeado para que ella culpase al exmarido. Le pareció también que aquel hombre que tenía delante no cuadraba con un criminal frío capaz de matar a otro hombre, pero las apariencias engañan a menudo.

—Beñat, ¿cree que tengo alguna posibilidad de salir libre en este caso?

El abogado respiró profundo, dando un aire de un hombre experimentado en contraste con el joven rostro que todavía tenía.

—Lo veo muy difícil, y mire, señor Martínez, creo en su inocencia, pero las pruebas son muy contundentes. ¿Sabe lo que le sugiero?

—¿Qué?

—Que piense en la posibilidad de hacer un acuerdo con el fiscal del Estado para que su pena sea mínima.

—¿Cómo así? ¡Asumir el homicidio! —Iker parecía incrédulo.

—Sí, asumir que fue un acto impensado y que los celos le cegaron.

—¡Pero eso sería mentira! Yo soy inocente —dijo casi gritando—. Usted debería defenderme, buscar al verdadero culpable, no tengo nada que ver con todo esto.

—¿Entonces quién gana con su detención? —levantó también la voz el abogado.

—No sé, pero eso es lo que usted tiene que investigar. Usted y la policía.

Beñat casi soltó una carcajada, pensó si aquel individuo era realmente ingenuo o un muy buen actor que estaba intentando hacer el papel de imbécil. La policía ya había hallado a su culpable, tenía pruebas y para ellos el asunto era un caso resuelto. O la defensa encontraba otra cabeza de turco o la policía no movería un dedo más. La idea de que un chino estuviera detrás del homicidio era tan descabellada que el abogado ni la consideraba y creía que la exmujer de él sí que podría estar involucrada en el asesinato. Decidió terminar la primera reunión con su nuevo cliente y quiso tener una pequeña charla con la inspectora Vargas y también con la exmujer de Iker.

Mientras tanto, la investigación continuaba. Vargas ya reunía las pruebas e informes para entregarlos al fiscal del Estado. Para ella, era obvio que Iker Martinez era el culpable, pero había cabos sueltos; por ejemplo, el no saber si su exmujer, Marta, también estaba involucrada. ¿Cómo había conseguido él el arma? ¿Cómo había salido de casa esa noche, cruzando la frontera sin que las cámaras lo hubieran captado? En los dos puentes de Irún, que conectan con Francia, había varias cámaras. Además, aquella llamada parecía claramente un intento de culpar a alguien más. No obstante, para Vargas, todo eso eran detalles menores; lo relevante ya había sido descubierto y solucionado.

Dos semanas después del crimen, el equipo de la inspectora se reunió para compartir las novedades que tenían. Un agente había estado vigilando a Marta, la exmujer del acusado; otro agente había estado siguiendo también a la viuda Enara; un tercer policía se ocupó de reconstruir los últimos meses de la víctima y, finalmente, el informático trabajó de forma legal y, a veces, no tan legal en las redes sociales y correos electrónicos de todos los involucrados.

—Con relación a Marta —dijo uno de los agentes—. Es conocida por las compañeras como ambiciosa y, por esa razón, su romance con Asier, para conseguir algunos favores y subir de puesto. Tiene poco dinero ahorrado y en los últimos meses no hay ningún pago raro que pudiese llamar la atención. Tampoco veo qué podría ganar matando a su amante y echando la culpa a su exmarido. Ella tiene la custodia del hijo y, aparentemente, tenía una relación de amistad con Iker. Hasta el día del homicidio era una persona activa en las redes sociales, sobre todo haciéndose *selfies*. Ningún comentario dio pie a pensar que tuviese una relación con alguien.

—¿Y la viuda? —preguntó la inspectora, mirando a otro agente.

—También hablé con vecinos y compañeros y la vigilé durante varios días y no vi nada sospechoso. Tanto los vecinos como los compañeros estaban de acuerdo en que es una persona muy reservada, que no mostró gran tristeza por la muerte de su esposo, enseguida volvió a trabajar. Algunas personas cercanas a ella afirman que sabía de las infidelidades del marido y era algo que la pareja tenía asumido. Al parecer nadie la vio con ningún amante. El médico tenía un seguro de vida bien alto, un poco más de quinientos mil euros, que el abogado de la familia ya hizo saber a la aseguradora que quiere recibir esa cuantía lo antes posible. Ese seguro fue hecho ya hace muchos años. No es activa en las redes sociales y en su perfil apenas tiene fotos. La posibilidad de haber contratado un sicario es baja, dado que rastreando sus movimientos bancarios y llamadas telefónicas no encontramos nada sospechoso.

—¿Y sobre la víctima qué tenemos? —preguntó Vargas.

—El médico Asier era un personaje muy interesante. Hablé con mucha gente que lidiaba con él y vi muchas imágenes de él en la carretera y hay cosas muy interesantes. Por ejemplo, además de la amante Marta, por lo visto, a veces, recibía en su barco, que estaba atracado en el puerto de San Sebastián, alguna joven prostituta. En el puerto hay una cámara de seguridad, pero la imagen es pésima para poder distinguir con claridad los rostros. Una vez al mes, salía con un grupo de amigos en ese barco, donde era habitual consumir cocaína, alcohol y la compañía de prostitutas. Según algunas personas su ambición era llegar a ser director del hospital y tenía grandes posibilidades para ello, pues el partido le apoyaba. Dicen también que su matrimonio era una fachada, que seguían juntos por comodidad y por los hijos, pero Asier no soportaba a la esposa, aunque jamás refirió que tenía intención de separarse.

El agente hizo una pausa, bebió un poco de agua, y con un aire de experto dijo después:

—Vi durante horas las grabaciones en los peajes de la autopista con la esperanza de encontrar alguna persona sospechosa con él en el coche o alguien persiguiéndole, y... —hizo otra pausa para dar más importancia a lo que iba a decir—. Vi que un individuo hace unos cuatro o cinco meses andaba siguiéndole o, al menos, coincidió con él cuando entraban y salían de la autopista.

—¿Y quién es? —preguntó secamente la inspectora ya cansada de aquel aire petulante de su compañero.

—Un tal Xabier Urrutia seguía al médico en una moto Harley Davidson. Lo gracioso de este sujeto es que salió hace relativamente poco tiempo de la cárcel por tráfico de drogas y blanqueo de dinero.

—¿Y hay alguna relación entre ellos dos?

—Aparentemente ninguna —siguió el agente—. Excepto que los dos nacieron en San Sebastián y vivían en Irún. No obstante, pienso que este Xabier podría haber seguido al médico y pasado la información de su vida diaria a alguien.

Este es un individuo peligroso, con conexiones al submundo del crimen y podría haber vendido el arma del crimen a Iker.

La inspectora estuvo un rato callada, ensimismada, pensando en esa posibilidad y preguntó:

—Pero también es posible que haya sido por pura casualidad que ese tal Xabier haya entrado y salido de la autopista a la vez que la víctima, ¿no le parece?

—Tal vez, pero fueron cuatro veces en muy poco tiempo.

—¿Y cuándo fueron esas cuatro veces?

—Hace unos cuatro o cinco meses, inspectora.

—¿Y en los últimos meses?

—No, no volvió a ser visto con la víctima.

—De acuerdo, puede que no sea nada, pero vamos a echar un vistazo a este sujeto. Mirad en los últimos meses si hay alguna relación de él con las personas involucradas, sobre todo con el acusado. Vigilarle a ver si volvió al tráfico o si se dedica también a la venta de armas y otros servicios. Voy a hablar con el comandante de la Unidad Antidroga.

Una Historia de Amor

Xabier y Enara se despidieron en el camping con la promesa de volver a verse con las hijas e intercambiaron miradas llenas de complicidad.

En los siguientes días, Xabier pensó varias veces si debía ser él quien llamase o no. No quería parecer que estaba enamorado de ella, eso eran cosas de adolescentes, pero sí reconocía que Enara le gustaba.

Sentía que estaba encaprichado de su personalidad, cuanto más la conocía más le gustaba convivir con ella. La veía como una mujer con clase, inteligente, exquisita, pero que, desafortunadamente, estaba casada. Sin embargo, a él no le molestaba ser "el otro", tener una relación con ella sin que eso implicase que Enara se tuviese que separar. Se diría incluso que Xabier pensaba que ella le había deslumbrado porque no la conocía bien, pues si conviviese más tiempo con ella tal vez ese brillo, que ahora veía en ella, se apagase como había pasado con su exmujer. Se acordaba de que, cuando la vio por primera vez, le pareció una mujer "normal", que no le atrajo especialmente, pero ahora la consideraba hermosa, parecía que todos sus gestos y miradas eran de una rara elegancia. La duda de llamarle era algo que le acompañaba a diario, pero reflexionaba que, siendo ella casada, debería ser ella quien diera el paso y se dio a sí mismo un plazo para esperar su llamada, pero en caso de que Enara no le llamase, entonces, él lo haría.

Del otro lado, Enara sentía que estaba en un mar de nuevos sentimientos o, al menos, de sentimientos que había dejado olvidados en la juventud. Deseaba a Xabier con todas sus fuerzas, y aquel "maldito" beso no se le quitaba de la cabeza. Intentó recordar si había sentido aquel deseo por su marido o por el primer novio, y dudó. Ya mucha agua había corrido bajo el puente, ya no era aquella chica ingenua que creía que podría cambiar el mundo y vivir una historia de amor genuino e inquebrantable. La vida la había convertido en una mujer amargada, que no soportaba al marido y sabía que él tampoco la aguantaba; no obstante, había construido un hogar razonablemente feliz y sano, y para ella eso era suficiente. Sin embargo, ahora dudaba. Y aunque intentara entrar en razón y se dijera a sí misma que aquello era fuego de artificio, que Xabier era un exconvicto, traficante de droga, que solo quería llevarla a la cama, era exactamente esa faceta rebelde y *macarra* de él lo que le atraía. Después, reflexionaba que engañar al marido no era ningún sacrilegio, dado que él lo hacía habitualmente; sería como pagar con la misma moneda. Con todo, luego pensaba que ella no era así, era una mujer decente y no estaba hecha para esos juegos sucios.

Se acercaba el fin de semana y Enara esperaba con ansiedad un mensaje de Xabier; sopesaba si debía ser ella quien diera un nuevo paso o esperar a que él tomara la iniciativa. Buscó el perfil de él en las redes sociales y le pidió amistad en una de ellas. Él aceptó y envió un mensaje preguntando si quería quedar el sábado en algún parque con las hijas. Ella aceptó enseguida.

UN CRIMEN CALCULADO

Ese sábado por la mañana, los dos se encontraron con las hijas en un parque ubicado junto a la frontera, en el barrio de Santiago. Ambos iban elegantemente vestidos, pero intentando disimular con ropa poco llamativa. Enara incluso fue el día anterior a la peluquería. Las dos niñas, apenas se vieron, fueron a jugar en los diferentes columpios y toboganes del parque, dejando a los adultos solos. Éstos se sentaron en un banco a la sombra, para evitar el intenso calor que hacía ese día.

—Te has hecho algo en el pelo —observó Xabier.

—Sí... —dijo ella, con la voz tímida y tocándose levemente el cabello.

A Enara le gustó la observación y recordó que su marido no le había dicho nada.

—Te queda bien, estás incluso más guapa.

—Sí, claro, debes decir eso a todas.

—¿A todas? —preguntó él, riéndose—. ¿Crees que soy un mujeriego?

—Sí, se te ve el plumero —contestó ella divertida.

—Si te dijera hace cuánto tiempo no estoy con una mujer te quedarías boquiabierta.

—No me creo que no tengas ninguna por allí.

—Bueno, para decirte la verdad, me gusta una —dijo él, mirándola de forma pícara.

—¡Ah, sí! ¿Y ella lo sabe? —dijo Enara con una pequeña sonrisa.

—Creo que sí, pero el problema es que está casada.

Enara sintió como si tuviera un volcán en su interior y no pudo evitar sonrojarse. Xabier, disimuladamente, acercó su mano a la de ella y Enara, en esta ocasión, no huyó y los dos entrelazaron los dedos y permanecieron en silencio, mirando a las dos niñas jugar.

—¿Qué es lo que quieres? —le preguntó ella, nerviosa.

Él tardó un rato en contestar.

—Te quiero a ti, me gusta estar contigo.

Enara sintió mariposas en el estómago y retiró la mano; miró alrededor con miedo de toparse con alguien conocido. Intentó entrar en razón y no perder por completo la cordura en plena luz del día con la hija a solo unos metros de distancia.

Después del parque, decidieron ir a comer a uno de los muchos restaurantes que había en la frontera. Se sentaron en una terraza y, mientras esperaban la comida, hablaban animadamente. Siendo fin de semana, había mucho jaleo en esos establecimientos fronterizos que atendían sobre todo a franceses que venían a comer, comprar tabaco, gasolina y alcohol más barato.

Enara y Xabier no volvieron a tener una conversación más íntima; hablaron de temas que a ambos les gustaban, como el cine o las series de televisión. También mencionaron antiguas relaciones y cómo, con veinte años, eran inocentes y soñadores con relación al amor. Pasearon junto a las orillas del río Bidasoa, compraron helado y los cuatro se quedaron contemplando las marismas del río que separaban los dos países. Al final de la tarde, se despidieron animadamente y quedaron en que, el sábado siguiente, harían un plan parecido.

No obstante, el clima cambió y una llovizna, típica de la región, vino para quedarse. Por lo tanto, el plan de volver al parque quedó descartado y, por esa razón, Xabier envió un mensaje a Enara invitándolas a ir a comer a su casa. Enara aceptó enseguida y, en la víspera del reencuentro, apenas durmió. Ya había decidido que, si tuviera la oportunidad, sería infiel a su marido, no por una venganza ruin, sino porque deseaba hacer el amor con Xabier.

Por consiguiente, aquel sábado, Xabier esperó ansiosamente la llegada de las invitadas mientras iba preparando los ingredientes para la comida. Aunque no fuese un gran cocinero ni le gustase mucho cocinar, sabía preparar bien un par de platos y, ese día, se esforzó por complacer a las visitas. No quiso, por supuesto, recibirlas en pijama, así que escogió una ropa cómoda, pero a la vez elegante.

A su vez, Enara iba muy nerviosa con su hija hasta la dirección que Xabier le había indicado. Había comprado ropa nueva para la ocasión, se hizo la manicura e incluso se había maquillado, algo poco habitual en ella. Tenía mucha curiosidad por conocer la casa de él y, al entrar, notó que era un piso simple, al que le faltaba un toque de decoración. La casa se veía limpia, todo muy organizado y recogido, con un olor agradable. Sin embargo, Enara se dio cuenta de que no había ninguna planta en el domicilio, ni fotos; la casa estaba decorada para ser útil y nada más. Todo tenía un aspecto de nuevo y de poco utilizado, y le pareció que faltaba una mano femenina para dar un poco de vida a la casa. Ese pensamiento le agradó, pues ya se imaginaba dando consejos para que aquel piso no fuese tan frío.

Erika quiso enseñar su habitación a la amiga, y las dos se quedaron a jugar con los innumerables juguetes que tenía, mientras Xabier siguió enseñando la casa a Enara. Cuando llegaron a la habitación de él, Xabier, con un gesto ágil, cerró la puerta del dormitorio con llave, cogió a Enara por la cintura y la besó con ímpetu. Ella no solo consintió, sino que deseó y fantaseó con aquel momento. Los dos se quitaron la ropa deprisa y corriendo, entre besos y susurros; después se echaron encima de la cama e hicieron el amor allí mismo. Enara intentó no gemir de placer para que las niñas no oyesen, pero la manera en que Xabier la tocaba, la besaba, la mordía y la penetraba la dejó a punto de perder el control de sí misma. Para sorpresa de Xabier, que esperaba tener que asumir toda la iniciativa, vio que Enara le besaba y tocaba con arrebato, y eso hizo que el momento fuera de auténtico furor. El coito terminó, y los dos recuperaron el aliento en brazos uno del otro, en silencio.

Enara se sentía tranquila, relajada; acababa de engañar a su marido y, al contrario de lo que podría esperar, no sintió el más mínimo remordimiento, todo lo contrario. Intentó recordar si alguna vez había hecho el amor así con su marido, de una manera tan ardiente y salvaje, y no lo recordó. Tal vez al inicio de la relación había algo de pasión, pero las últimas veces todo era demasiado frío y soso. Por otro lado, Xabier pensaba que difícilmente encontraría a alguien que coincidiese tanto con él en todo e incluso en la cama parecían hechos el uno para el otro, y, una vez más, sintió algo de desánimo por que ella estuviese casada. No obstante, después pensó que si tuviesen una relación diaria, si viviesen juntos, terminarían entrando en la típica rutina y acabarían discutiendo por tonterías. Creyó que lo mejor sería aquello, encontrarse una vez a la semana y probar el fruto prohibido.

Los dos se vistieron, intercambiaron sonrisas, pero sin dirigirse la palabra, y se encaminaron hacia la cocina para preparar la comida. Antes, pasaron por la habitación de Erika, que jugaba alegremente con su amiga. Xabier cocinó, mientras Enara se sentaba en una silla y bebía un vaso de vino blanco.

Hablaron sobre recetas culinarias que solían preparar, sobre restaurantes a los que les gustaba ir y sobre comidas exóticas que habían probado.

Después, Xabier le preguntó su opinión sobre su piso y Enara, que ya esperaba la pregunta, contestó que le parecía un hogar frío y, en un tono un poco crítico, dijo que no tenía ni una sola foto de su hija. La conversación luego pasó a la familia de él y, poco después, a otro tema, y ambos confirmaron que podían pasar horas juntos y siempre tenían de qué hablar. Tanto uno como el otro sentían que se les escuchaba y que la opinión del otro contaba de verdad.

Al terminar la comida, los cuatro jugaron al Monopoly y la partida duró hasta el final de la tarde. Erika y Enara jugaron hasta el final, mientras Xabier y la hija de Enara perdieron antes y decidieron ir a ver una película infantil. Entre los cuatro había buen ambiente y eso se notó cuando se despidieron. Las dos niñas pidieron que el próximo fin de semana fuese idéntico.

Xabier y Enara empezaron a verse durante la semana. A veces ella iba a comer a casa de él; otras, salía del trabajo y, antes de dirigirse a casa, se pasaba por el piso del amante. Hacían el amor con regularidad y eran cariñosos el uno con el otro, pero nunca hablaban del porvenir. Xabier se hallaba cómodo en aquella situación y sentía que no tenía que dar ningún paso ni presionar a Enara para avanzar hacia el divorcio.

Por su lado, Enara quería aprovechar aquel sentimiento fresco y apasionante que sentía por él y tampoco veía necesidad de cambiar algo, aunque cada vez fuese más difícil para ella tener que compartir el mismo techo con el marido. Ni todos los fines de semana los amantes podían encontrarse. En algunos, Erika se quedaba con la madre, otros el esposo de Enara andaba por casa o tenían algún plan familiar. Sin embargo, durante la semana las visitas de Enara al piso de Xabier eran frecuentes. En una de esas visitas, el nombre de Asier salió a la luz.

—Me gustaría saber si Asier tiene una amante —confesó ella.

—¿Saber o confirmar?

—Creo que sería confirmar, pero me gustaría saber con quién está enrollándose.

—Es muy fácil averiguarlo, basta con seguirlo durante una semana —dijo él.

—Sí, pero no tengo tiempo para eso ni quiero pagar a un detective.

—Si quieres, puedo seguirlo durante un tiempo —propuso Xabier.

—¡Sí! ¿Harías eso?

—Sí, por supuesto, tengo las tardes libres; dame el horario de él y ya te diré algo.

En la cabeza de Enara, la palabra divorcio empezaba a ganar fuerza. Era ridículo mantener aquella farsa. Ella era feliz al lado de Xabier y, posiblemente, Asier también tenía una amante y quizá también fuese más feliz al lado de ella. Tal vez pudiesen solucionar el tema como personas adultas y civilizadas, sin necesidad de abogados, tribunales y conflictos. Habían criado a dos hijos, tenían un buen patrimonio, pero los dos ya no se soportaban más; sería lo mejor para todos.

Se Aprieta el Cerco

El abogado del principal sospechoso del crimen fue a hablar con la inspectora María Vargas. Aunque quisiera creer en su cliente, Beñat, el abogado sabía que sería difícil, si no imposible, convencer a la inspectora de que su cliente era inocente, pero quería que la investigación pudiera ser más amplia.

—Inspectora, mi cliente sigue manteniendo que es inocente y que tal vez haya sido víctima de un ajuste de cuentas por parte de un empresario chino, al cual debía dinero.

—¿Y qué ganaba el chino matando un hombre y echando la culpa a su cliente? No veo que así pudiese recuperar el dinero.

—Sí, pero podría ser como venganza —dijo el abogado sin gran convicción.

—No tiene lógica, pero puedo hacer una visita a ese local de apuestas —dijo Vargas con aire aburrido.

—Después hay otras cosas que no cuadran en esta historia. Por ejemplo, mi cliente no sabe cómo disparar un arma, nunca ha tenido un arma en las manos. La noche del asesinato nadie lo vio salir ni entrar, las cámaras de la frontera no le grabaron, las señales de los datos móviles no captaron ninguna señal de su móvil.

—Su cliente pudo haber hecho el trayecto a pie y sin el móvil encima. Le ha dicho que no sabe disparar, pero a lo mejor sí sabe... Señor Beñat, las pruebas son demasiado evidentes, su cliente tenía un móvil para matar al médico. Veo aquí poco margen de maniobra en la investigación, lo mejor sería que usted hablara con el fiscal para obtener un acuerdo para su cliente.

—Pero, inspectora, ¿ha pensado que mi cliente puede ser víctima de la exmujer?

—¿Cómo así?

—Que ella sea la autora del crimen, que intente incriminar al exmarido para quedarse con la custodia total del hijo.

—¡Eso es ridículo! Ella ya tiene la custodia del hijo. Planteo la hipótesis de que Marta esté involucrada en este crimen, que tal vez haya colaborado con alguien para echarle la culpa a su cliente, ¿pero con qué propósito? ¿Qué ganaba ella con eso?

—No sé, pero quizá sería mejor indagar en la vida de esa mujer.

Vargas fue a visitar el local de apuestas en Irún más para apaciguar su conciencia que con esperanzas de hallar alguna pista de valor. El establecimiento se ubicaba a la entrada de la localidad, era un local amplio, lleno de *tragaperras*, con varias mesas para jugar a las cartas, con una luz tenue, preparada y pensada para que los clientes gastasen dinero. Vargas se acercó al mostrador, enseñó su placa de policía y pidió hablar con el propietario del local. El joven que la atendió se mostró un poco nervioso y llamó al jefe, que, media hora después, surgió con un aire preocupado. Era un hombre de origen asiático, entrado en años, bajo, que olía mucho a tabaco. Hablaba español con dificultad y cambiaba la R por la L.

—Señor Lee, soy inspectora policial y estoy trabajando en un crimen que sucedió hace poco. Este —Vargas enseñó una foto de Iker—, es el principal sospechoso. ¿Lo conoce?

—Sí, *clalo* que sí. Este *homble* tiene una deuda conmigo de cincuenta mil *eulos*. *Espele* un momento que voy a *buscal* un *comploblante*.

Y Lee se retiró por una puerta, que daba acceso a las oficinas del establecimiento. Unos minutos después, volvió con un papel en la mano donde constaban pequeñas cuantías monetarias que Iker fue perdiendo en juegos de cartas, sumando un total de cuarenta y cinco mil euros, que con los intereses ya ascendían a cincuenta mil. En la parte inferior del papel estaba la firma de Iker.

Después, el comerciante Lee insinuó que Iker había matado al médico para huir de pagar la deuda, pero que tendría que pagarla de cualquier manera o iniciaría un proceso en el tribunal.

—Señor Lee, el sospechoso dice que tal vez usted hubiese cometido el crimen para incriminarlo y dar un ejemplo al resto de las personas que le deben dinero.

El chino extrañó aquella afirmación y pensó que, a lo mejor, no había entendido bien, así que, una vez más, volvió a decir que de alguna manera el sospechoso tendría que pagar aquella deuda. Vargas volvió a hablar:

—¿Usted cree posible que él haya conseguido obtener un arma de fuego a través de otros clientes de este local?

—Eso no es de mi cuenta, no conozco la vida *pelsonal* de mis clientes, *pelo* es posible que alguien le haya vendido un *alma*.

—¿Podría facilitarme algunos nombres de personas con las cuales Iker tenía mayor contacto dentro de este establecimiento?, compañeros que él elegía para jugar a las cartas.

Lee miró con desconfianza a la inspectora, pero, al final, terminó por ceder y, volvió a ir a su despacho, para regresar con un listado de nombres de jugadores que habitualmente compartían mesa con Iker.

María Vargas entregó esa lista a uno de sus agentes y pidió verificar el historial de aquellos sujetos, a ver si alguno podría ser el proveedor del arma. Se diría que la inspectora enseguida descartó que hubiese un complot del propietario del local de apuestas para incriminar a Iker; el hombre estaba más preocupado en recuperar el dinero.

Enseguida, la inspectora se dirigió a la unidad antidroga para obtener información de un tal Xabier Urrutia, que, según un informe policial de uno de los agentes, había estado siguiendo a la víctima. Se encontró con el comandante de la unidad, que era un hombre un poco más joven que ella, aparentemente simpático y con ganas de ayudar. Después de contarle el motivo de su visita, Vargas fue directa al grano:

—¿Cree que ese Xabier podría tener alguna relación con este crimen?

— Lo veo difícil, inspectora. Xabier Urrutia fue el principal traficante de drogas en la zona fronteriza durante veinte años y nunca se ensució las manos, o sea, cuando tenía algún problema con alguien, mandaba a algún ruso o rumano para romper piernas o dientes, pero él nunca estuvo directamente involucrado. Estamos hablando de un tipo muy inteligente, astuto y muy resbaladizo, difícil de pillarlo *in fraganti*. Además, era un individuo con principios; era él quien informaba a la policía cuando había menores en los prostíbulos, cuando había alguien que era buscado por la policía, o sea, hacía de informante. Con eso ganaba la inmunidad para poder traficar drogas por la ciudad. De momento, creemos que dejó el negocio, pero es de esos personajes a los que tenemos que estar siempre atentos.

—Él podría haberle vendido un arma al sujeto o haberle pasado información sobre sus rutinas —sugirió Vargas.

—Sí... —dijo el comandante con un aire compenetrado—. ¿Pero con qué propósito? ¿Ellos eran amigos?

—No me parece, al menos todavía no hemos hecho ninguna relación entre los dos.

—¿Y había alguna conexión entre la víctima y Xabier?

—Tampoco creo que la haya —contestó Vargas.

—¿El médico consumía drogas?

—Parece que una vez al mes llenaba su barco con amigos, cocaína y prostitutas.

—¿Y será que Xabier estaba en ese barco y era él el proveedor de esas drogas? —preguntó el comandante.

Los dos permanecieron un rato en silencio, intentando crear alguna conexión entre la persecución de Xabier, el consumo de drogas del médico y el arma del crimen de Iker.

—Podría ser... —sugirió el comandante—, que Xabier conociera al médico y tuvieran algún altercado, Xabier le siguió y vio dónde solía parar con la amante y le pasó esa información a Iker, junto con un arma.

—Sí, podría haber pasado algo parecido. Lo mejor será que llame a ese Xabier para declarar.

—No, esa no es la mejor táctica para lidiar con él. Es muy perspicaz e irá con las respuestas preparadas, lo mejor es pillarlo desprevenido. Yo aconsejaría ir a hablar con él directamente, sin que lo vea venir.

—Ya tenemos un agente siguiéndolo hace un par de días —dijo Vargas orgullosa por su jugada de anticipación.

—Pues, casi seguro que Xabier ya sabe que tiene la policía pisándole los talones. No se olvide, inspectora, de que es un individuo muy astuto.

El Móvil del Crimen

Xabier, sabiendo ya el horario de su antiguo compañero del colegio, empezó a vigilarlo, a seguirlo durante la tarde y la noche. Asier era hombre de costumbres. Comía casi siempre en un restaurante cerca del hospital, habitualmente acompañado por compañeros de profesión o camaradas del partido. Cuando salía del trabajo iba a veces a tomar un trago en algún bar o terraza con alguien. En otras ocasiones iba hasta el barco que tenía atracado en el puerto de San Sebastián y era allí que se encontraba con las amantes. Xabier observó que tenía dos amantes. La primera era la enfermera, que más tarde vino a saber el nombre: Marta. La otra, él pensaba que era una prostituta menor de edad, todos los miércoles por la tarde subía al barco con él y tenían relaciones en el pequeño camarote. Sacó fotos a las dos amantes.

Cuando Asier salía de noche del hospital y coincidía en el mismo turno con la enfermera, los dos iban hacia aquel lugar en medio del bosque en Irún. Eso solía suceder una vez a la semana. Xabier empezó a seguir a Marta por curiosidad, con el fin de pasar después la información a Enara. Vio que Marta vivía en Hendaya, cerca de la frontera, tenía un hijo y, aparentemente, vivía con un hombre que debía ser su marido.

También observó cómo una vez al mes, Asier se juntaba con amigos en el barco y se dirigían a altamar con bebidas, cocaína y un par de prostitutas. De todo eso también sacó fotos, desde una distancia prudente, con una buena máquina fotográfica que poseía.

Después de tres semanas siguiéndolo, decidió pasar la información que tenía a Enara. Ya era suficiente para que ella pudiese confrontarlo o enseñarle a un abogado los constantes adulterios del marido, es más, las fotos con la prostituta menor podrían incluso poner en riesgo tanto su carrera profesional como política.

Un martes, Enara fue a comer a la casa del amante. Éste había comprado la comida ya hecha y los dos comieron relajadamente en el balcón, con vistas a las montañas de la región.

—¿Crees qué este fin de semana podemos quedar los cuatro? —preguntó Xabier—. Es que Erika viene a pasar el *finde* conmigo.

—No sé si puedo, tenemos comida con la familia de Asier, es el cumpleaños de una de sus hermanas. Pero aún y todo voy a ver si podemos hacer algún plan.

—Vale, ya me dirás algo —se hizo una pausa y Xabier se acordó—. Ah, por cierto, creo que ya tengo la información que me pediste.

—¿Qué información?

—Sobre con quien se enrollaba tu marido.

—Ah, perfecto, ¿tienes algo?

—Sí, espera.

Xabier se levantó y se dirigió a su habitación para volver al balcón con un sobre grande, donde guardaba las fotos y una libreta con fechas e información sobre Marta.

UN CRIMEN CALCULADO

Enara estaba casi segura de que su marido la engañaba, pero tenía una vaga esperanza de que, al final, todo fuese mentira y él no anduviera con nadie. Xabier le entregó el sobre.

—Abre —ordenó él.

Ella retiró primero una foto, sacada de lejos, donde se veía a Asier y a algunos amigos más (ella les conocía a todos) en una pequeña fiesta en la proa del barco, con bebidas en la mano y dos jóvenes prostitutas en toples. Enara sintió un odio inmenso hacia su marido y sus *colegas* que se comportaban como si fuesen ejemplares hombres de familia. Después, cogió las fotos donde Asier estaba con Marta tanto en el barco como en el coche y el odio pasó a repudio, se mostró asqueada de aquel hombre, y aunque desconfiase que él le engañaba, verlo tan nítidamente le entraron ganas de vomitar allí mismo. Por fin, vio las fotos de la menor de edad que se encontraba con él los miércoles, la cual Xabier pensaba que era una prostituta. Enara, al ver las fotos, palideció, sintió que el suelo se movía y que, en un santiamén, se hallaba en un barco en altamar, en plena tormenta. Después sintió un nudo en el estómago y la comida que acababa de ingerir subía como una lava a punto de explotar y Enara corrió hasta el baño y vomitó.

A Xabier le pareció rara la reacción de las últimas fotos, pero enseguida se percató que tal vez aquella joven no era una prostituta. Quizá alguna conocida de Enara.

Enara tardó algún tiempo en recuperarse, se lavó el rostro en el lavabo y, al verse en el espejo, empezó a llorar copiosamente. Xabier se acercó e intentó calmarla, acariciándole la cabeza, sin decir ninguna palabra. Enara se secó el rostro con una toalla y volvió en dirección al balcón, para confirmar aquello que sus ojos habían visto, que su marido andaba con una sobrina suya, de solo quince años, que era hija de un hermano de Asier.

Enara permaneció impávida un rato hasta que fue capaz de decir quién era aquella chica.

—Anduve con ella en brazos, cuando era un bebé, después tanto ella como mi hijo jugaron juntos repetidas veces. La acompañé durante toda la vida, igual que Asier... ¡qué clase de monstruo puede hacer esto! ¿Qué tipo de hombre es este? ¿Con qué tarado me casé yo?

Y volvió a llorar con rabia. Xabier permaneció inmóvil; no sabía si debía arroparla o dejarla sola durante un rato. Recordó cuando vio a aquella chica ir en dirección al barco y después los observó intercambiándose besos y caricias. Pensó entonces que Asier era perverso e incluso un pederasta, y le entraron ganas de entrar en la embarcación y partirle la cara o llamar a la policía y ver cómo aquel gusano iba a parar a la cárcel con la carrera política perdida, pero decidió que eso era algo que Enara tendría que decidir. Sin embargo, al saber de la gravedad de la situación, de la monstruosa perversión, Xabier tuvo ganas de terminar con la vida de él, de estrangularlo con sus propias manos. Siempre había tenido un odio de muerte a los pederastas, y desde que su hija nació, ese odio se había agravado.

—Si quieres me lo cargo —profirió Xabier.

Enara permaneció callada, cabizbaja, ensimismada, con la mirada nublada. Se levantó, dio un pequeño abrazo a su amante y salió de casa. Decidió caminar hasta su casa que se ubicaba a más de tres kilómetros, pero sentía que necesitaba andar y enfriar la cabeza. Durante ese trayecto, que tardó poco más de una hora, supo que su matrimonio había terminado. Podía aceptar que él tuviese un desliz con una cualquiera o incluso relaciones con prostitutas, pero mantener una relación con una sobrina de solo quince años era horrible. ¿Y desde cuándo tenían ellos esa relación? Entonces, pensó en su hija que ahora solo tenía ocho años, pero en un futuro podría caer en las garras de aquel asqueroso. Después se sintió ingenua al creer que los rumores de que se hablaban sobre el doctor faldero eran falsos, que él era un marido gentil, un padre cariñoso, un médico respetado, un político prominente, pero ahora veía que era todo falso, era todo mentira.

Huelga decir que Enara apenas durmió esa noche ni las siguientes. Ya no conseguía mirar a su marido sin que esa mirada estuviese llena de odio, rencor, y pronunciaba palabras secas y frases cortas. No podía ver a su hija junto a él; se mostraba nerviosa y la llamaba de forma histérica para que fuera con ella. Empezó a sopesar que, incluso después del divorcio, él aún tendría derecho a estar con la hija, lo que la dejaba exasperada. Entonces, pensó que podría exponer las fotos a los medios de comunicación, a su cuñado —el hermano de Asier—, a los miembros del partido político y así sucesivamente, hasta que la vida de aquel canalla fuera reducida a cero. No obstante, eso le dejaba molesta, pues sus hijos iban a crecer sabiendo que el padre era un monstruo; en el colegio se burlarían de ellos, se quedarían marcados para siempre como los hijos de Asier faldero pederasta. Y fue en eso que la frase de Xabier empezó a ganar peso en su mente: «Si quieres, me lo cargo». Si Asier muriera, los hijos nunca sabrían que el padre era un monstruo, no habría luchas con abogados, su patrimonio no sería dividido. Si Asier desapareciera, todo quedaría solucionado. Su sobrina crecería y se daría cuenta de que había cometido un error al enrollarse con un hombre mucho mayor y, además, familiar, pero por vergüenza no se lo contaría a nadie. La muerte de Asier le agradaba; sin embargo, tenía miedo de que Xabier fuera detenido por la policía o, peor, que ella también fuera detenida por cómplice y sus hijos se quedaran sin padres.

El siguiente miércoles, Enara se acercó al puerto marítimo para ver con sus propios ojos la traición de su marido con la sobrina. Se posicionó en una zona aún alejada del barco, pero con la ayuda de unos prismáticos podía ver perfectamente. Primero, vio a su marido llegar y el nerviosismo aumentó. Diez minutos después, llegó su sobrina y Enara no pudo evitar que se le escaparan un par de lágrimas. Le entraron ganas de salir de su escondite y enfrentarse a los dos, sobre todo al depravado de su esposo y exponerlo delante de todos, pero se contuvo. Ya había dado vueltas a aquel tema en su cabeza y había llegado a la conclusión de que lo mejor sería la muerte de Asier. No obstante, quería ver con sus propios ojos la veracidad de aquellas fotos y, al confirmarlas, concluyó que su marido no merecía vivir. Llamó a Xabier.

—¿En media hora podemos encontrarnos en San Marcial? —preguntó ella.

—Bien.

Media hora después, Enara recorría las curvas sinuosas de la subida hacia el monte de San Marcial, en Irún. Conducía en silencio, con un semblante serio y con la decisión ya tomada con respecto al destino de su marido. Aparcó su vehículo al lado del coche de Xabier, en un pequeño aparcamiento que había, con vistas a las marismas que separaban las dos localidades de la frontera. El cielo estaba encapotado y amenazaba con llover en cualquier momento. Salió del coche y se dirigió al vehículo de su amante. Se dieron un beso, entrelazaron los dedos y se quedaron un rato en silencio, hasta que Enara dijo:

—¿Puedes mandar matarlo?

—Sí, pero prefiero hacerlo yo mismo. Cuantas menos personas estén involucradas, mejor

—Me da miedo que te pillen...

—Intentaré no dejar nada al azar. No obstante, tenemos que tomar ya algunas decisiones.

Xabier mientras se dirigía a aquel lugar, ya esperaba la petición e incluso se podría decir que deseaba hacerlo. No solo porque Asier era un pervertido, sino también porque ansiaba quedarse con Enara sin necesidad de encontrarse en secreto como en aquella ocasión. Ya había dado vueltas sobre cómo ejecutar el asesinato para que nadie pudiese sospechar de él. Xabier prosiguió el diálogo:

—En primer lugar, esta será nuestra última cita durante un largo tiempo. Después, tenemos que borrar todo vestigio de nuestra relación. Hay que cambiar de número de móvil, borrar mensajes, emails, amistades en redes sociales. Tenemos que borrar todo. Si te preguntan, solo me viste una vez en el camping en Francia, nada más.

—No quiero que nadie más muera —pidió ella, refiriéndose a la sobrina.

—No te preocupes.

—¿Y cuándo nos volveremos a ver? —preguntó Enara

—De hoy a seis meses, a las diez de la mañana en el parque infantil de Ficoba, mismo en la frontera.

Enara asintió con la cabeza, después besó al amante y los dos se fundieron en un abrazo que tardó un par de minutos hasta que se separaron y ella volvió a su vehículo.

114

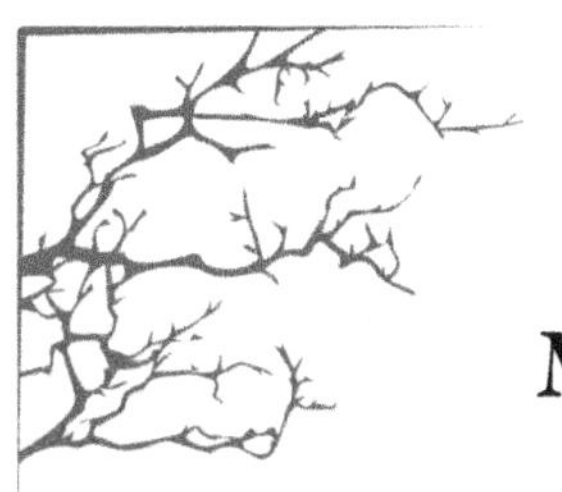

Mea Culpa

Después del asesinato, Xabier siguió con ávida atención todas las noticias que salían en los medios de comunicación sobre el homicidio y se congratulaba de que su plan hubiera funcionado. La policía había hallado el arma del crimen en el coche de Iker y, consecuentemente, este era el principal sospechoso. De hecho, el único sospechoso. Ninguna noticia mencionaba que él o Enara estuvieran involucrados en aquel crimen.

Xabier sabía perfectamente que no había crímenes perfectos y temía que alguien lo hubiera visto en el lugar del crimen o anotado la matrícula de su vehículo, o que Enara, bajo presión, se fuera de la lengua, o que alguien lo hubiera visto merodeando cerca del coche de Iker. Había un abanico de posibilidades de cómo su camino y el de la policía podrían cruzarse. Sin embargo, con el paso del tiempo, pensó que estaba a salvo, hasta que vio a un agente de policía de paisano seguirlo en su día a día.

Si había algo que Xabier no echaba de menos, era aquellos tiempos en que tenía a la policía pisándole los talones. Desde que había salido de la cárcel, se sentía libre de ese constante ejercicio de andar siempre atento para ver quién lo seguía. Fue un sentimiento que disfrutó hasta cometer el homicidio; a partir de entonces, volvió a estar alerta ante cualquier coche o persona que tuviera detrás.

Confirmó sus peores temores cuando vio que un policía le había seguido casi durante todo el día. Aunque el agente intentase pasar desapercibido, Xabier era un viejo zorro en estos asuntos y le bastó ver que un coche le seguía, a una distancia prudente, para percatarse que algo se había torcido. Sopesó que podría ser un agente de la unidad antidroga para ver si él se había reincorporado al negocio o, en el peor escenario posible, un policía de homicidios que le espiaba. Supuso que la segunda posibilidad era la más acertada y reflexionaba, una y otra vez, en sus pasos y cómo la policía había logrado *pillarlo*. ¿Qué sabrían? ¿Cuándo le interceptarían? Intentó actuar de la manera más natural posible y hacer su rutina diaria. Sopesó que tal vez la policía hubiese descubierto que él y Enara eran amantes y querían ver si la pareja se iba a encontrar en algún momento. Entonces, decidió contratar una prostituta que conocía desde hacía tiemp y le pagó para disimular que eran novios durante un día. Xabier vivía en un mar de dudas con aquel policía rondándolo y empezó a planear una eventual huida del país, en caso de que viese que podrían incriminarlo.

Por lo tanto, no se sorprendió cuando, una tarde, al aparcar el coche en su garaje, vio acercarse a un grupo de policías. Uno de ellos era su ya bien conocido comandante de la unidad antidrogas y otra, la inspectora, a quien, aunque no conocía personalmente, había visto en varias fotos en los medios de comunicación relacionadas con la investigación. Supo enseguida, por la presencia de Vargas, que estaba involucrado en el crimen y se sintió ingenuo por haber intentado cometer un crimen perfecto.

UN CRIMEN CALCULADO

De manera muy educada, el comandante pidió a Xabier que se sentase en la parte trasera del vehículo policial. Éste accedió, nervioso, pero intentando exhibir confianza y con una sonrisa forzada. En la parte trasera del coche, Xabier estaba acompañado por un agente, mientras que en la parte delantera se encontraban el comandante y la inspectora, quienes miraban con atención al antiguo traficante.

—¡*Aspaldiko*, Xabier! Tanto tiempo sin vernos, amigo —dijo irónicamente el comandante.

Xabier estuvo a punto de decir algo con sarcasmo, pero no le salió nada y decidió mirar de manera confiada y superior a los agentes.

—Xabier —siguió el comandante—, tengo aquí a mi compañera inspectora de homicidios que le gustaría hacerte unas *preguntitas*.

Xabier permaneció en silencio, mirando con cierto descaro a los agentes. Por un lado, a Vargas no le extrañaba que aquel sujeto hubiese sido un peligroso traficante. Tenía un aire insolente y arrogante, con todo, le pareció atractivo físicamente, con un cuerpo fibroso, un rostro cuadrado y masculino. Pensó que sería el típico hombre manipulador que mangonearía a las mujeres.

—Señor Xabier Urrutia —inició la inspectora—, estamos investigando el asesinato del médico Asier Zabala, y su nombre ha sido mencionado.

—Ah, sí —dijo Xabier, intentando mostrar aburrimiento.

—Sí, el principal sospechoso, de nombre Iker Martinez, refirió su nombre como cómplice del homicidio.

El plan de los dos agentes era obvio, echarse un farol con relación a la historia, intentar convencer de que Iker ya había confesado el crimen y que ahora le incriminaba. Xabier dio una gran carcajada, fue una carcajada también de alivio, pues tuvo miedo que los agentes supiesen de su relación con Enara y ya se veía desmintiendo, jurando en falso. Cuando logró controlar la risa, dijo con un aire de pícaro.

—Señora inspectora, no conozco a ese Iker Martinez y dudo mucho que él me conozca.

—¿Y cómo justifica que él haya mencionado su nombre?

—Debe de ser otro Xabier, inspectora. Mire usted, inspectora, yo fui condenado por tráfico de drogas, no por homicidio. —Xabier volvió a reírse.

—¿Usted no conoce al detenido? — y enseñó la foto de Iker.

—No —contestó enseguida.

—¿Y la exmujer de él, Marta? —volvió a enseñar otra foto.
—Tampoco.

—¿Y la víctima, el doctor Asier?

—Sí, Asier fue mi compañero en el colegio, cuando éramos muy jóvenes.

Vargas se mostró sorprendida.

—¡Ah, sí! ¿Y cuándo fue la última vez que le vio?

—No sé... tal vez en las fiestas de la ciudad o nos topamos en algún bar o restaurante. No teníamos contacto el uno con el otro, ni éramos amigos. Supe que lo habían matado por las noticias.

—Por casualidad, ¿nunca le has vendido drogas? —preguntó el comandante.

—No, no tenía el número de teléfono de él y él tampoco tendría el mío, como posiblemente ya habéis confirmado. Si se drogaba, no era con mi producto.

—Entonces, ¿por qué le siguió durante unos días? —preguntó Vargas.

—¿Cómo así? —extrañó Xabier.

—Hace unos meses, usted fue grabado por las cámaras de la autopista entrando y saliendo de los peajes casi al mismo tiempo que él. Muy sospechoso, ¿no le parece?

Entonces Xabier supo el motivo por el que ellos estaban allí, no era que Iker hubiese soltado su nombre, eso era ridículo, sino porque habían visto las grabaciones de la autopista y habían encontrado aquella coincidencia. Por un lado, se mostró aliviado, pues solo tenían aquello, pero, por otro lado, temió que tirasen de la manta. Pensó también que había sido poco cuidadoso con ese detalle y concluyó que la policía estaba haciendo un buen trabajo y no podría, de ninguna manera, menospreciarlos.

—Seguro que fue casualidad. Voy casi a diario a San Sebastián, nací allí y es donde vive mi hija y mi madre.

—Extraña casualidad... —soltó la inspectora.

Xabier permaneció impávido, no le pareció necesario añadir nada más.

—Nosotros tenemos una teoría que tal vez nos pueda ayudar, señor Urrutia. Pensamos que usted siguió a la víctima, para más tarde pasar esa información y, según el detenido, con un arma de fabricación casera para posiblemente arreglar negocios de droga pendientes.

—Señora inspectora —dijo Xabier de manera confiada—, repito, no conozco al detenido y es imposible que él haya dicho lo que sea de mí. Segundo, nunca vendí drogas a Asier y actualmente tampoco tenía ninguna relación con él. Tercero, sí que trafiqué drogas, pero jamás armas. Por último, no seguí al coche de la víctima y si es verdad lo que me está diciendo sobre las cámaras de la autopista, entonces es pura casualidad, nada más. Ahora, dígame: ¿hace falta llamar a mi abogado o puedo *pirarme*?

La inspectora hizo una señal con la cabeza dando autorización para que Xabier se marchara. Los dos policías permanecieron un rato en silencio.

—¿Qué te parece, Vargas? —preguntó el comandante.

—Él tiene razón, no hay ninguna relación entre él y la pareja sospechosa del crimen o mismo con la víctima. Puede ser casualidad, pero... no estoy por completo convencida.

EL ABOGADO DEL PRINCIPAL sospechoso estaba muy escéptico sobre la inocencia de la exmujer de Iker; pensaba que ella estaba metida hasta el cuello en aquel asesinato. Él mismo tenía que admitir que no creía que su cliente fuese totalmente inocente. Tal vez alguien le quisiera incriminar y quienquiera que fuese había hecho un gran trabajo, sobre todo al poner en el lugar del crimen pequeños detalles como las colillas. Pero había cabos sueltos en esta historia y, por esa razón, Beñat decidió hacer una visita a la exmujer de su cliente. Iba con una actitud cordial, intentando demostrar que creía en Iker y estaba muy comprometido en su defensa.

Los dos habían quedado en encontrarse en la parte francesa de la frontera, en un bar donde algunos jubilados apostaban en carreras de caballos que echaban por la tele. Beñat entró en el bar y reconoció a Marta a través de una foto que la inspectora le había dado. Le pareció una mujer un poco dejada, poco atractiva y, desde el primer momento, se sintió incómodo junto a ella. Por otro lado, a Marta le pareció que Beñat era demasiado joven para un caso de esta envergadura, que seguramente le faltaba experiencia y anticipó que Iker terminaría en la cárcel durante muchos años.

—Hola, Marta, déjeme empezar por decir que creo en la inocencia de su exmarido, pero él se encuentra en una situación muy delicada.

Beñat hizo una pausa y Marta asintió con la cabeza, demostrando estar de acuerdo con él. El abogado siguió:

—Marta, usted cree en la inocencia de él, ¿verdad?

—Claro, Iker jamás mataría a alguien. Alguien le ha querido incriminar.

—¿Pero quién? —preguntó el abogado.

—No sé, él dice que tiene una deuda con unos chinos...

—Pero, Marta, eso es ridículo, ese chino solo quiere su dinero, no ganaría nada haciendo esto. ¿El doctor Asier le habló de algún enemigo personal? ¿Nunca le dijo si su mujer tenía un amante?

Ella vaciló un poco, parecía que estaba intentando recordar algo.

—Enemigos no me parece, sí que tenía compañeros en el hospital que competían con él por un puesto en la dirección. Con relación a la mujer no sé de nada, él no era de hablar de ella —hizo una pausa—. Podría haber alguien que quisiera vengarse de algo que él hizo, que supiera dónde nos encontrábamos y que planeara con mucho cuidado la escena. ¿Pero quién?

A Beñat le gustó la línea de razonamiento de ella y le pareció muy plausible esa posibilidad. Apuntó en una libreta que iba a hablar con las villas cercanas al lugar del crimen a ver si alguien se acordaba de ver algún coche o sujeto rondando en esos tiempos. Después respiró hondo y decidió hacer una pregunta delicada:

— Marta... usted no ganaría nada con este crimen, ¿verdad?

Marta se sintió ofendida y humillada, se sonrojó de odio e hizo un esfuerzo para controlarse. Reflexionó que aquel mocoso no era su amigo, solo el abogado del exmarido y que, posiblemente, incluso desconfiaba de ella.

—He ganado fama de puta entre mis compañeras, muchos compañeros me han dicho que había llegado donde llegué por acostarme con él. He ganado la desconfianza de mucha gente sobre mi inocencia en este crimen, he pasado de víctima a delincuente. He ganado tener que aguantar los susurros en el trabajo cuando paso. Todo eso lo que he ganado y, si le digo la verdad, quiero creer que Iker no mató a Asier, pero... no pongo mi mano en el fuego por él.

Se dio un silencio y los dos pensaron que el encuentro había terminado, pero ninguno se levantó y Beñat soltó una reflexión:

—Su exmarido va a ser condenado, las pruebas son demasiado evidentes y si no hallan a otro sospechoso, va a terminar en la cárcel ya sea declarándose culpable o no. Sin embargo, ya hablé con el fiscal que va a recibir el caso y sé que podremos llegar a un acuerdo en caso de que él se declare culpable...

—¡Pero él es inocente! —interrumpió Marta

—Nosotros podemos pensar que es inocente, pero como ha dicho, ninguno de nosotros dos pondría la mano en el fuego por él. Ahora, si él no asume el crimen va a quedarse dieciocho años en la cárcel, pero en caso de que diga que lo hizo por celos, como un acto poco reflexionado, entonces el fiscal dijo que pedirán solo diez años y si se porta bien en la cárcel puede pasar ocho. En este momento es el mejor acuerdo que él puede tener.

Marta apenas se inmutó; permaneció pensativa, mientras el abogado se levantó y salió del bar. Creía en la inocencia de Iker, pero cada vez tenía más dudas al respecto. Ella sabía que él deseaba reanudar la relación, aunque tampoco la presionaba; no era un hombre ni celoso ni posesivo. ¿Sería capaz de matar? Le parecía improbable, pero, al fin y al cabo, las pruebas indicaban que fue él. Intentó, una vez más, recordar algún detalle más del momento de los disparos en aquel bosque, pero solo logró recordar una silueta negra y el destello de un arma.

Con todas esas dudas en la cabeza, pidió visitar al exmarido en la cárcel. Empezó, poco a poco, a considerar la posibilidad de que Iker había matado a Asier y estaba dispuesta a ayudarlo, una vez más.

El encuentro entre Iker y Marta ocurrió en una pequeña sala de la penitenciaría, donde habitualmente Iker se reunía con su abogado. Marta, primero, tuvo que ser cacheada por dos mujeres agentes y solo después la dejaron pasar a la pequeña sala. La antigua pareja se dio un fuerte abrazo; después se sentaron uno frente al otro, cogidos de la mano. Primero hablaron sobre el hijo, las novedades del niño y de cómo él había sido protegido de todo aquel jaleo.

—Marta, tú crees en mi inocencia, ¿verdad?

—Por supuesto que sí, Iker. Sé que eres incapaz de hacer algo así.

—Ni sabía que salías con otra persona... —dijo él, un poco avergonzado.

—Pues... no era nada serio —se sonrojó ella—. A ver, Iker, he decidido una cosa importante. A pesar de tu vicio al juego, siempre fuiste un buen padre y quiero que, cuando salgas de aquí, todavía puedas ayudar a educar a nuestro hijo. Por eso, he decidido pagar tu deuda al chino; sin embargo, exijo que no vuelvas a jugar jamás. Si no, no volverás a ver al niño.

Iker se mostró emocionado, no solo por la actitud de la exmujer, una vez más dispuesta a ayudarle a pagar una deuda considerable, sino sobre todo por la referencia al hijo, por el cual Iker sentía un amor incondicional.

—No tienes que pagar esa deuda... —dijo él, cabizbajo.

—Ya lo sé, pero quiero darte una última oportunidad. Pago esa deuda y tú te comprometes a no volver a caer en el juego.

—¿Por qué eres tan buena conmigo? —preguntó él, casi llorando.

—Porque todavía te quiero y sé que tienes un corazón de oro.

Marta dejó caer una lágrima e Iker también liberó el nudo que tenía en la garganta y lloró un poco.

—Siempre te amé, Marta, y quiero ver crecer a nuestro hijo.

Hubo un momento de silencio, donde los dos recuperaron las formas y Marta retomó el diálogo:

—Tu abogado, igual que yo, cree en tu inocencia, pero alguien hizo un excelente trabajo en incriminarte y serás condenado. No obstante, Beñat habló con el fiscal y podrás bajar la pena a casi la mitad si te declaras culpable.

—Pero eso sería asumir algo que no hice, sería dejar a un asesino suelto por allí.

—Sí, ya lo sé, pero piensa que si te declaras culpable, en ocho años puedes estar fuera y nuestro hijo todavía será un niño.

Iker se mostró aturdido con aquella sugerencia y permaneció en silencio hasta que un guarda vino a informarles del fin de la visita. Se despidieron con un nuevo abrazo y el prisionero fue llevado a su celda. Se tumbó en la pequeña cama y sintió como si estuviese en una enorme tormenta en altamar. ¿Hasta qué punto aquella visita había sido cordial? ¿Hasta qué punto Marta no estaría involucrada en el crimen? ¿Hasta qué punto Marta no le incriminó adrede? Ella tenía acceso a su vehículo, podría haber cogido las colillas de los cigarros y esparcirlas en la escena del crimen. Entonces, supuso que tal vez Marta hubiese matado a Asier por alguna razón o hubiese mandado matarlo. Y lo había incriminado. Por ese motivo, ahora, estaba dispuesta a liquidar su deuda y sugirió que él se declarase culpable.

Todos esos pensamientos le acompañaron durante los siguientes días y llegó a la conclusión de que Marta era cómplice de aquel asesinato. No tenía la menor duda. No quería saber el verdadero motivo que la llevó a cometer aquella atrocidad, pero estaba seguro de que lo hizo por algo de veras necesario. Decidió que había llegado el momento de retribuir a su exmujer todo aquello que ella había hecho y aguantado por él. Decidió asumir ser el autor único del crimen. Pensó que la pena en la cárcel que le correspondería sería un castigo a su debilidad con respecto al juego, que hizo que hubiese perdido la familia, el trabajo y los amigos. Asumió que merecía aquella penitencia y, después de aquella expiación, saldría como un nuevo hombre, sin ninguna deuda con nadie. Llamó a su abogado.

—Beñat, quiero llegar a un acuerdo con el fiscal y asumiré el crimen.

El Plan de Xabier

Xabier, después de haberse despedido de Enara, empezó a planear el asesinato de Asier. Primero, eliminó todos los vestigios que podrían conectarle a la familia de él, lo cual consistió en cambiar de número de móvil, borrar los mensajes y los emails que intercambió con Enara. Después, reflexionó sobre dónde y cómo sería ejecutado el crimen. Su primer impulso fue matarlo en el barco, delante de la sobrina, ahogarlo, pero eso sería demasiado extravagante. Luego, sopesó varias posibilidades y escenas donde podría suceder el "accidente" hasta que concluyó que disparar en el bosque sería lo más eficaz.

Estudió el lugar donde los amantes solían encontrarse y averiguó dónde podría aparcar el coche sin que nadie le viera. Cronometró el tiempo que tardaría en correr desde su coche hasta el lugar donde se cometería el crimen. Escogió la indumentaria que llevaría y probó el revólver casero en un descampado para confirmar que funcionaba correctamente. Consideró la posibilidad de buscarse una coartada: podría pedir a su amigo Muhammad que confirmara que habían pasado la noche juntos, bebiendo cerveza y jugando a las cartas, pero eso implicaría involucrar a otra persona en este embrollo. También podría pagar a una prostituta para pasar la noche con él. Con todo, en este punto surgieron varios problemas a los que tuvo que enfrentarse. El primero era que el médico y la amante no tenían días fijos para ir a aquel sitio, por lo que él no sabía cuándo sucedería el homicidio y eso le obligaría a hacer de centinela en el bosque, esperando el día en que ellos se dirigieran allí.

En esto, decidió vigilar a Marta para conocer un poco mejor a la amante. Un día, después de un encuentro entre ambos en el bosque, Xabier la siguió hasta su casa en Hendaya, en la localidad francesa. Controló sus pasos: a qué horas salía para ir a trabajar, cuándo y dónde llevaba al hijo al colegio, dónde hacía las compras, y cuándo se encontraba con alguna amiga en un bar. Pronto se percató de que vivía con Iker. Jamás se le ocurrió que los dos estuvieran separados y que Iker estaba de paso en la casa de la exmujer hasta encontrar una nueva guarida. En ningún momento vio a los dos juntos, pero observó que Iker andaba de aquí para allá con el hijo en común, que todos vivían en la misma casa, y supuso, por supuesto, que eran pareja.

En su mente se encendió una luz: echarle la culpa al marido. La idea fue cobrando forma; el marido, al descubrir que su esposa tenía un romance con otro hombre, habría urdido un plan para *cargarse* al amante. Un crimen pasional, así de claro. Reparó en que Iker tenía un viejo Ford Fiesta y pensó en dejar allí el arma del crimen después del asesinato. Para poder abrir el coche, nada más fácil que hablar con su amigo Muhammad y conseguir una llave falsa para abrir el vehículo. Algo sencillo en el submundo del crimen.

—¿Para qué quieres una llave de esas? —preguntó curioso Muhammad.

—Para mis cosas...

—Uy, ¡ahora tienes secretos!

—Venga, no es nada importante, hazme ese favor, *porfa*.

La mente de Xabier no paraba de dar vueltas sobre cómo incriminar al *pobre cornudo*. Lo ideal sería incluso conseguir que sus huellas dactilares aparecieran en el arma; eso echaría por tierra cualquier posibilidad de otro sospechoso. Fue entonces cuando empezó a estudiar la manera de obtener las huellas dactilares de Iker sin que este se enterase.

Usó una ventana de navegación anónima en su ordenador para investigar cómo obtener un polvo para las huellas dactilares. Al principio, el proceso parecía sencillo, pero después de algunos intentos, notó que no conseguía crear el polvo con la calidad deseada. Tal vez la culpa fuera del almidón de maíz, pero el hollín se quedaba demasiado compacto para ser viable. Entonces, buscó tiendas que vendieran ese polvo ya preparado y encontró varios establecimientos. Estuvo tentado de coger el coche e ir hasta San Sebastián para comprarlo, pero enfrió rápidamente su entusiasmo: estaba demasiado cerca y resultaría precipitado ir a comprar el polvo a solo veinte kilómetros. Decidió viajar a Barcelona en su Harley Davidson, lo que le tomó cerca de seis horas, y pasó una noche en la ciudad condal. Deambuló por las calles, compró ropa, libros, baratijas, comió en buenos restaurantes y pagó todo con su tarjeta de crédito. Sin embargo, al entrar en la tienda de ciencias, decidió pagar en efectivo. Además, al entrar en el local, llevaba una gorra y evitó mirar a las cámaras de seguridad. La tienda parecía una juguetería, llena de juegos de mesa, libros didácticos y varias cajas para experiencias científicas caseras. Preguntó a un empleado por el producto, y este, muy amable, se lo entregó.

Xabier también compró un par de juegos para regalar a su hija, pagando todo en efectivo, sin dejar rastro de su paso.

De regreso a casa, probó varias veces el proceso para capturar huellas dactilares. Utilizó distintas superficies y vio que no era tan sencillo, pero, poco a poco, fue ganando práctica. Después de reflexionar sobre dónde podría obtener las huellas dactilares de Iker, decidió que lo mejor sería en el coche de este. Ya tenía la llave del vehículo, y ahora solo quedaba realizar el proceso en el volante, la palanca de cambios, el mango de la puerta, el salpicadero, etc. A lo largo de varios días, entrenó en su propio coche y notó que el volante era donde se encontraban más huellas dactilares. Sin embargo, también era el lugar más complicado para capturarlas, ya que, al ser una superficie redonda, el polvo solía caer al suelo o al asiento del vehículo. Después, practicó realizar el proceso de noche, pues su intención era entrar en el coche de Iker en plena madrugada.

Eran casi las tres de la mañana cuando Xabier aparcó cerca de la calle de Iker. La temperatura era baja, una llovizna caía constantemente, y una ligera niebla envolvía la población. Xabier respiró hondo, salió del vehículo con determinación y se dirigió apresurado hacia el coche de Iker. Usó la llave para abrirlo, entró y se sentó al volante. Tenía el corazón en un puño, latiéndole con fuerza, y no dejaba de mirar alrededor, temeroso de que alguien lo estuviera observando. Le temblaban las manos y pensó en cancelar todo, sintiendo que no tenía la sangre fría para aquello. Permaneció quieto un rato, absorto, con la mirada perdida, calmándose poco a poco. Solo se oía el ladrido lejano de un perro y algún coche pasando por otra calle, nada más. Sobre él, una tenue luz de una farola iluminaba la calle. Tras recuperar el control de sí mismo, sacó del bolsillo las herramientas que iba a utilizar para captar las huellas dactilares. Colocó una linterna frontal en la cabeza para ver si lograba distinguir alguna huella, y luego roció las zonas donde le pareció encontrar algo. Con sumo cuidado, cepilló el polvo alrededor de la huella usando un pequeño pincel. Al ver nítidamente la forma dactilar, sopló para eliminar el exceso de polvo y colocó una cinta adhesiva transparente encima de la huella cubierta. Volvió a repetir el mismo proceso varias veces y, aunque intentaba mantenerse concentrado en lo que hacía, no dejaba de pensar que en cualquier momento alguien podría golpear el cristal del coche y preguntarle qué hacía allí a esas horas. Cuando terminó de guardar el último trozo de cinta adhesiva en una bolsita de plástico que llevaba encima, observó que el cenicero del coche estaba lleno de colillas de cigarro. Sonrió para sí mismo al ver, justo delante de sus narices, una forma adicional de incriminar al dueño del coche. Cogió varias colillas y las guardó en otra bolsa. En ese momento, sintió un gran orgullo de sí mismo; se consideró invencible, pensando que nadie jamás podría atraparlo, pues siempre planeaba todo con sumo cuidado y antelación. Sin embargo, enseguida recordó que había pasado cinco años en la cárcel, que quizá no era tan bueno, y que no podía subestimar al adversario. Decidió entonces salir rápidamente del coche y regresar a su vehículo.

En casa, ya totalmente tranquilo, pensó que aquel hombre que no conocía iba a ser incriminado injustamente y sintió lástima por él. Además de ser engañado por su mujer con otro, iba a ir a la cárcel sin haber roto un plato. Sin embargo, reflexionó también que, posiblemente, él tendría una coartada para esa noche y todo eso generaría más dudas en la investigación.

Desde allí, empezó a ir al lugar donde los amantes solían aparcar para hacer el amor y esperó, una y otra noche, hasta que los tortolitos volviesen, y él actuó. Al día siguiente, ya después del asesinato, pidió a la sirvienta que llamase a la policía e informase que había visto un coche salir de manera precipitada de la escena del crimen. Dolores no hizo preguntas; supo que su patrón se habría metido en algún lío, pero no quiso saber más y simplemente hizo lo que él le pidió.

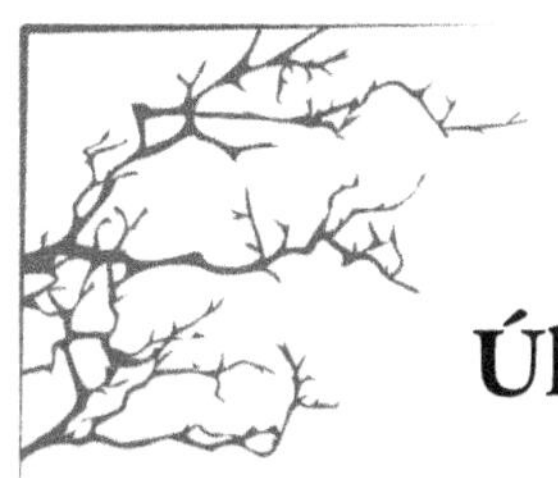

Últimos Pasos

Beñat, el abogado de Iker, se sentó delante de su cliente con un aire desconfiado. Toda aquella prisa en declararse culpable, después de varias semanas en las que juraba y perjuraba su inocencia, no le convencía. Además, Beñat incluso creía que podría ser realmente inocente, a pesar de todas las pruebas en contra. Sospechaba que este cambio de actitud se debía a la visita de su exmujer. Posiblemente, ella había conseguido convencerlo de alguna manera para que él se declarase culpable.

—Estoy preparado para hacer la declaración —dijo Iker sin duda alguna.

—¡Ah, sí! —el abogado exclamó con sarcasmo—. Entonces, al final, usted ha estado mintiendo hasta ahora.

—Sí — respondió, mostrando impaciencia.

—¿Y por qué ha decidido confesar?

—Porque... sí... ¡y ya está!

—Vale, ya lo veo... —refirió el abogado con una sonrisa un poco cínica—. Entonces, cuénteme qué pasó esa noche.

—Bueno, cogí el coche y fui hasta el lugar donde estaban y disparé al médico.

—¡Así de simple! —Beñat echó una carcajada—. A ver, Iker, usted estaba en casa con su hijo, ¿verdad?

Iker asintió con la cabeza.

—¿Entonces cómo logró pasar por los puentes de la frontera en coche sin ser filmado?

Iker se quedó en silencio.

—¿Y cómo consiguió el arma?

—Bueno... la compré a un moro...

—¡Un moro! ¿Dónde? ¿Cómo se llamaba el sujeto?

Iker tartamudeó.

—Creo que en la frontera...

—¿Usted cree que compró un arma en la frontera? Pero a ver, ¡usted no sabe ni mentir! Al menos, si va a declararse culpable, invéntese una historia con pies y cabeza. Le diré, señor Iker, que va a ir directo a la cárcel por proteger a una mujer que mató o mandó matar al médico y, además, intentó incriminarlo. A ver, por favor, Iker, entre en razón y piense seriamente en lo que está haciendo. Va a pagar por un crimen que no cometió.

Iker se mostró nervioso, vio que tenía que preparar mejor su confesión si quería que alguien creyese en su culpabilidad. Hasta el momento, no había querido leer el informe policial donde le incriminaba, pero pensó que sería mejor leerlo un par de veces antes de enfrentarse a la inspectora.

—Mire, Beñat, de verdad que le agradezco todo lo que ha hecho hasta aquí, sobre todo el acuerdo con el fiscal, pero quiero asumir la culpa y listo, no hay vuelta atrás.

—Pero yo no puedo ser su abogado cuando sé perfectamente que solo está asumiendo la culpa para encubrir a la verdadera asesina.

Poco a poco, la actitud de Iker fue cambiando; la prepotencia dio paso a la piedad, y tocó las manos de Beñat, intentando generar empatía.

—Escúcheme, Beñat, yo lo he tenido todo en la vida. Tuve un matrimonio feliz, un hijo que llenó de alegría nuestro hogar, un trabajo estable y razonablemente bien pagado, y lo eché todo por la borda. Marta no solo vino de Madrid para quedarse conmigo; también me ayudó en todas mis recaídas en el juego y me aceptó después de haber despilfarrado nuestros ahorros. Hice eso una y otra vez, incluso ahora, cuando no tenía adónde ir, ella aceptó que me quedara un tiempo en su casa. Nunca me guardó rencor ni odio, y siempre me dejó ver a mi hijo, incluso después de todo el mal que le hice, incluso robar la hucha del crío.

Hizo una pausa y dejó caer una lágrima.

—Si ella mató o mandó matar a ese médico es porque él hizo algo para merecerlo. Y sí, usted tiene razón, no fui yo, pero tampoco sé si fue ella. De todos modos, no quiero que mi hijo crezca con los padres en la cárcel. Como ya le he dicho, si fue ella es porque tenía motivos muy fuertes y estoy dispuesto a pagar por ella, es lo mínimo que puedo hacer.

El abogado se levantó y se dirigió a la puerta, sin ganas de mirar de nuevo a su cliente.

—Beñat, espere —dijo Iker—. Por favor, no deje de ser mi abogado, le suplico.

Esa noche, en la celda, Iker leyó atentamente el informe policial. Marta y Asier habían salido del hospital alrededor de las once de la noche, cada uno en su coche, y media hora después estaban en aquel bosque, en las afueras de la ciudad. Alguien había roto el cristal del lado del conductor y disparado tres balas a la altura del pecho de Asier. Marta se había arrinconado en el asiento del copiloto, y había restos de sangre y cristales en la ropa que llevaba.

En el terreno se hallaron huellas indistinguibles y algunas colillas con su ADN. El arma de fuego utilizada fue encontrada en su vehículo, y una llamada anónima, con fuerte acento latinoamericano, había alertado que su coche había salido a alta velocidad de la escena del crimen. Todo aquello era una montaña de mentiras. Todo estaba organizado para que él fuera el sospechoso, era demasiado obvio. Alguien había pensado en todos los detalles, y dudaba que Marta tuviera tanta frialdad para hacer aquello. Consideró que ella, quizá, se había aliado con alguien más para cometer el crimen.

¿Pero quién? ¿Por qué? ¿Y por qué le había creado una trampa? ¿Por qué a él?

Deambuló alrededor de su pequeña celda y, durante esa noche, dudó en declararse culpable. No quería pagar por un crimen del que no tenía nada que ver, y si Marta estaba involucrada en aquello, entonces sería ella quien pagaría por eso. Él ya se haría cargo del hijo, mientras ella cumpliera la pena. ¿Pero y si ella fuese tan víctima de todo aquello como él? ¿Y si aquella trampa había sido realizada por alguien a quien debía dinero? ¿La mafia china? No obstante, este *modus operandi* no era típico de las mafias chinas. Cuanto más tiempo pasaba, más pensaba que su exmujer estaba involucrada en el crimen. Ella tenía acceso al vehículo, podría haber colocado allí el arma, podría haber obtenido sus huellas dactilares de algún vaso y luego pegarlas al arma.

Las colillas de cigarro serían fáciles de conseguir; bastaba con entrar en su habitación y recoger unas cuantas que había en el cenicero. Sopesó acusarla de manipulación de pruebas, pero ¿qué ganaría con eso? Sería acusarla sin tener pruebas de que realmente ella quería incriminarlo, pues tanto sus huellas dactilares como las colillas podrían haberse conseguido en cualquier lado, además de ser sencillo abrir un coche y dejar allí un arma.

Tal vez Marta ni sabía de nada y solo quería, una vez más, ayudarlo a tener una pena más corta y pagar la deuda para volver a empezar una nueva vida. Se diría que se sentía en un callejón sin salida; aunque no se declarase culpable, las pruebas eran demasiado evidentes y terminaría en el talego. Y si asumiera la culpa, tendría que inventarse una historia para proteger a algún homicida. No había término medio. Se tumbó en la cama y pensó en lo que diría al día siguiente a la inspectora.

Durante los últimos días, el abogado de Iker había estado hablando con los vecinos que vivían cerca de la escena del crimen, para ver si alguien se acordaba de algún coche o alguien sospechoso rondando por allí, pero los residentes ya habían hablado todos con la policía y volvieron a decir lo mismo: que de noche, a veces, iban hasta allí parejas o grupos de jóvenes a hacer botellón. También hizo preguntas al vecindario de Enara, aunque la policía parecía descartarla como sospechosa; quizá ella podría tener un amante o últimamente haber tenido la visita de algún sicario. Sin embargo, aquí tampoco obtuvo información valiosa. Para los vecinos, Enara y Asier eran una pareja amable, educada, que a veces recibían familiares y amigos y hacían barbacoas en el patio. Jamás se dieron cuenta de discusiones o gritos. Por todo eso, Beñat creía que solo quedaba Marta y era ella la verdadera culpable del crimen. Fue con ese fin que alertó a la inspectora:

—Inspectora, aquí hay gato encerrado. Este tipo es un don nadie, la exmujer se aprovechó de él para incriminarlo y el muy tonto, para más va a asumir la culpa.

Vargas no demostró gran interés en la conversación del abogado y fingió que estaba buscando unos papeles en su mesa. El abogado siguió:

—Hágale preguntas difíciles y verá cómo va a inventar una historia surrealista.

Al día siguiente, alrededor de las nueve de la mañana, estaba programada la declaración del sospechoso. Vargas había reservado una pequeña sala, donde apenas cabían dos sillas y una mesa. Una de las paredes tenía un cristal oscuro y opaco. Del otro lado del cristal estaban dos agentes, el abogado de Iker y el fiscal del Estado. Fue notorio para todos los presentes la manera arrogante y presumida con la que la inspectora entró en la sala, convencida de su astucia para descifrar el caso y acorralar a Iker. El sospechoso y la inspectora se sentaron uno frente al otro, y Vargas hizo señal para que se empezara a grabar el interrogatorio.

—Señor Martínez, ¿usted está preparado para hacer una confesión?

—Sí, lo estoy.

—¿Usted asume que es responsable de la muerte del doctor Asier Zabala?

Iker vaciló un instante, lo que llevó a creer que tal vez denunciase algún cómplice.

—Sí, soy el único responsable de su muerte.

—Muy bien, ¿podría contar cómo sucedió todo, por favor?

—Bueno, tenía la esperanza de volver a recuperar a mi exmujer y supe que ella tenía un romance con ese hombre.

Sabía que solían encontrarse cuando estaban los dos en el turno de tarde y salían juntos en dirección a aquel bosque. Mi intención era solo asustarlos. Un día, me topé con un sujeto en la frontera, que solía venderme hachís y le pregunté por un arma, él me vendió una casera por cincuenta euros.

—¿Cómo se llama ese individuo? —interrumpió Vargas.

—Yo lo conozco como Mustafa, pero puede que tenga otro nombre. Es un moro que siempre anda por la frontera.

—Vale, siga, por favor.

—En la noche del crimen, vi que ella tardaba en llegar a casa y supuse que estaría con el amante. En un acto irreflexivo, cogí mi bici y pedaleé hasta el lugar. Allí vi a los dos y vacilé; dudé si tenía coraje suficiente, fumé unos cigarrillos y avancé hasta el coche, rompí el cristal con el arma y disparé tres tiros.

—¿Eso es todo? —preguntó Vargas al comprobar que el sospechoso se había callado.

—Sí.

—Hay cosas que no cuadran, señor Martínez. Primero, usted dice que fue un acto irreflexivo, según sus palabras, ¿entonces por qué no fue en coche? Segundo, ¿por qué puso después el arma en el maletero de su coche?

Iker vaciló un momento, tartamudeó y por fin contestó:

—Bueno... solo quería asustarlo, como he dicho, pero no quería que Marta supiese que era yo. Pensé que ellos podrían llamar a la policía y sabía que si pasaba en coche por la frontera me iban a grabar, así que fui en bici por el carril bici, pero no sabía que el arma estaba cargada.

—Sí, por supuesto —ironizó la inspectora—. Y la segunda pregunta, ¿por qué puso el arma en el coche y dónde dejó la ropa que llevaba?

—La ropa la eché a un contenedor de basura, pero el arma pensaba en volver a venderla y recuperar el dinero.

La inspectora daba el caso por cerrado; sí, había cabos sueltos, sobre todo el detalle de que él fue en bici cuando hubo una llamada anónima que presuntamente había visto el coche de Iker saliendo de la escena del crimen, lo que provocó que la investigación se dirigiera hacia él.

—¿Y quién cree que llamó para avisar de que había visto su coche saliendo de la escena del crimen?

—Seguro que fue Marta. Aunque llevase un pasamontañas, creo que ella reconoció la ropa o mi silueta, con todo, es posible que no estuviese segura, pero, por si acaso, pidió a alguna amiga para que llamase y alertara, pues seguro que pensó que yo había ido en coche en vez de en bici.

Cuadraba, pensó la inspectora. Para ella, el caso estaba solucionado y no tenía más preguntas que hacer. Iker, en cambio, sentía que había mentido fatal; estaba sudando a mares y sentía la cara ardiendo. Esperaba una nueva ola de preguntas y que en alguna la inspectora le pillara. Al ver que ella daba por terminada la declaración, sintió una mezcla de alivio y estupidez. Se sentía aliviado de haber concluido las preguntas, pero estúpido por haber asumido la culpa de un homicidio que no cometió y porque, posiblemente, el verdadero asesino se estaría mofando de él. Sin embargo, consideraba que, al final, Marta le iba a agradecer por aquel sacrificio.

Del otro lado del cristal, el abogado del sospechoso se sentía un verdadero imbécil. De verdad había creído que aquel sujeto era inocente y que estaba intentando encubrir a la verdadera culpable, su exmujer. No obstante, ahora, al oírlo declararse culpable con detalles tan precisos, estaba convencido de que le había mentido todo el tiempo. Y lo peor era que, además de creer en su inocencia, había clamado al cielo que todo era un complot para incriminarlo. Se sintió ridículo y pensó que todavía era un abogado inexperto, pero acababa de aprender una valiosa lección: nunca creer del todo a sus clientes.

María Vargas tenía por costumbre visitar a los familiares de las víctimas cuando conseguía resolver un caso. Era un acto de vanidad y exhibicionismo que intentaba ocultar diciéndose a sí misma que era su deber cívico apaciguar la ira de los familiares de las víctimas. Por esa razón, se dirigió de nuevo a Irún, al barrio adinerado de Enara, para comunicarles que el sospechoso al que habían pillado se había declarado culpable. Decidió hacer esa visita a última hora de la tarde, pues creía que había mayores posibilidades de que Enara estuviese en casa. Llamó al timbre y esperó pacientemente. Volvió a timbrar y, pasado un rato, oyó una voz en el intercomunicador.

—¿Sí, quién es?

—Señora Etxeberria, soy yo, la inspectora Vargas; me gustaría hablar con usted.

La puerta de la villa se abrió y, al otro lado, apareció Enara, visiblemente nerviosa. Vargas observó que llevaba un pijama largo que la hacía parecer aún más delgada y pequeña; «una canija», fue precisamente lo que pensó. Reparó en su nerviosismo y en que había palidecido rápidamente, pero no le dio importancia.

—No se preocupe, señora Etxeberria, no hay ningún problema; solo vengo a traerle una noticia.

Enara le regaló una sonrisa forzada y le pidió que entrase en casa. Intentaba desesperadamente ocultar la inquietud que le barría el alma y empezaba a prepararse para responder sobre una eventual relación que tenía con Xabier. Sopesó que habían encontrado algún mensaje o correo electrónico y ahora iban a confrontarla. Las dos se sentaron en un amplio salón, donde una televisión transmitía dibujos animados a alto volumen. Enara apagó la tele y pidió a su hija que fuera a pintar o jugar en su habitación. La niña se quejó, pero terminó por obedecer.

La inspectora observaba con atención la decoración de la casa. Le pareció que tenía clase y pensó que seguramente ella tenía una sirvienta. Se produjo un silencio incómodo y Enara, con los nervios a flor de piel, preguntó:

—¿Quiere tomar algo? ¿Agua? ¿Un café?

—No, gracias, no se moleste, solo quería informarle de que el sospechoso que estaba detenido por nosotros, ha confesado esta mañana ser el autor del crimen.

—¡Ah, sí! —dijo Enara sorprendida.

—Sí, el exmarido de la señora Marta, la amante... de su marido... se ha declarado culpable.

La inspectora se mostró un poco cohibida al decir la frase, temerosa de haber herido los sentimientos de la viuda. No obstante, Enara se sintió aliviada y, a la vez, confusa, pues no esperaba que aquel hombre fuera el verdadero asesino. Consideró que tal vez Xabier hubiese pagado a éste para matarlo o utilizarlo como cómplice.

—Me alegra saberlo. ¿Y cuál fue el motivo que le llevó a asesinar a mi marido?

—Celos. Él quería reanudar la relación con la exmujer y... perdió los papeles...

—¿Y lo hizo solo?

Enara temió, una vez más, que el nombre de Xabier saliese a la luz. No obstante, Vargas pensó que se refería a Marta, la exmujer.

—Sí, él ha declarado que cometió el crimen solo, de momento no hay ningún indicio que la exmujer también estuviese involucrada en el homicidio.

—¿Y ahora él será juzgado y encarcelado?

—Eso es, a partir de ahora ya no puedo hacer nada más. Le toca a la justicia actuar.

Poco a poco, el ánimo de Enara fue mejorando y ahora sonreía abiertamente a la inspectora, que le pareció normal aquella alegría. El culpable pagaría por el crimen.

—Muchas gracias, inspectora, ha hecho usted un magnífico trabajo.

—Bueno, solo hice mi deber.

Vargas se levantó, orgullosa de su desempeño, y esperó a que la anfitriona la acompañara hasta la puerta. Enara agradeció, una vez más, y se despidió con una enorme sonrisa en el rostro. Después, volvió al salón satisfecha, se sentía libre y con ganas de ver a su amante. Sopesó que, a lo mejor, ni necesitaban esperar más tiempo sin verse, pues, inexplicablemente, un individuo había matado al marido sin que ella ni Xabier tuvieran que ensuciarse las manos. Sin embargo, luego pensó mejor y le pareció que posiblemente su amante podría estar de alguna manera detrás del homicidio.

Más tarde, su mente viajó hasta la última discusión que tuvo con su fallecido marido, en aquel mismo salón. Una cierta tarde, al entrar en aquella estancia de la casa, vio que su hija estaba leyendo un libro en el regazo del padre y, sin conseguir controlarse, gritó a la niña para que fuera de inmediato a su habitación. Asier se mostró perplejo y le dijo:

—¡Pero se te ha ido la olla! ¿Qué coño te pasa?

Enara contestó con odio:

—Crees que eres intocable, ¿verdad? Que puedes hacer lo que te salga de los cojones que nadie te va a pillar, pero déjame decirte que estás muy equivocado. Pagarás por todo lo que has hecho con creces. Aléjate de mi hija.

Enara se retiró del salón para estar con la hija y pensó que, tal vez, hubiese hablado de más, pero cada vez más abominaba a aquel hombre y no podía verlo junto a su hija. Por otro lado, Asier permaneció inamovible en el salón, no hacía falta ser muy astuto para saber que la esposa sabía de su romance con la sobrina. Se diría que no tuvo miedo de las consecuencias que eso podría traer a su matrimonio e incluso no tuvo recelo de que su hermano también lo supiese, su temor fue que su carrera y sus ambiciones políticas tuviesen mermas con un posible escándalo. Instantes antes de morir, cuando vio el cristal de su coche ser destrozado en mil pedazos y una silueta apuntando un revólver a su rostro, se acordó de las palabras de su mujer y pensó que aquel hombre sería un sicario, intentó aún pronunciar alguna palabra, pero del revólver salió un destello que fue la última cosa que vio.

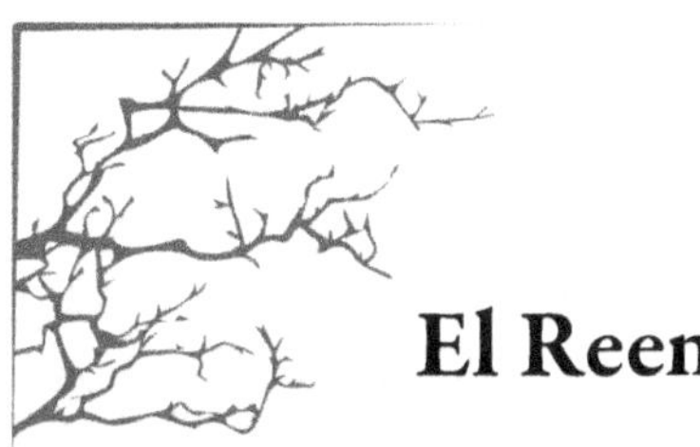

El Reencuentro

Xabier volvió a leer una y otra vez la noticia que salía en *El Diario Vasco* sobre la declaración de Iker Martinez.

¿Cómo era posible? ¿Por qué aquel individuo había asumido la culpa del homicidio?

Aquello no tenía ni pies ni cabeza. Era motivo para decir que la realidad había superado, de nuevo, a la ficción. Le dio vueltas al tema, intentando encontrar alguna justificación para la actitud de Iker y no la hallaba. No lograba entenderlo. Sí que esperaba que fuera acusado del homicidio, pero siempre pensó que tendría una coartada como forma de contrarrestar las pruebas. Sin embargo, en ningún momento se le pasó por la cabeza que Iker asumiese la culpa del homicidio.

Empezó a indagar sobre la vida de Iker, hablando con fulano y mengano, y descubrió que tenía una deuda de juego de alrededor de cincuenta mil euros con un mafioso chino, dueño de una casa de apuestas y otros negocios poco legales. Xabier sentía su conciencia un poco pesada. No por haber matado a un hombre —para él, Asier había tenido una muerte justa—, pero el pobre Iker no merecía, no solo ir a la cárcel, sino también haber confesado el homicidio. Reflexionó durante varios días y llegó a la conclusión de que quería ayudarlo de alguna manera. No obstante, no quería atraer la atención; quería permanecer oculto.

Conocía al mafioso chino con el cual Iker tenía una deuda. En sus años de traficante, este sujeto chino había sido uno de sus clientes; compraba drogas no para él, sino para los *jugadores* que frecuentaban su establecimiento. Este empresario tenía también una pequeña fábrica en el polígono de la ciudad, donde contrataba a compatriotas que trabajaban doce horas al día por una miseria, y algunos incluso dormían en la fábrica. Era un individuo sin escrúpulos que Xabier conocía, y no tenía ningún aprecio hacia él.

Un día fue a visitar su establecimiento, que se ubicaba a la entrada de la ciudad de Irún para quien venía desde San Sebastián. Era un local oscuro, con solo una luz tenue y muchas *tragaperras*. Se dirigió al mostrador, donde un joven cambiaba billetes por monedas y servía bebidas.

—Quiero hablar con tu jefe —ordenó Xabier.

—No sé si está —dijo el joven con poca confianza.

—Sí, está, porque tiene el coche aparcado allí fuera.

Y Xabier miró a una de las cámaras de seguridad y saludó con la mano. En menos de un minuto, el joven hizo una señal a Xabier para que avanzara por una puerta situada detrás del mostrador, y el extraficante siguió un camino que ya conocía, llevando una maleta en la mano. Recorrió un pasillo estrecho que terminaba en el despacho del dueño del negocio.

—¡Cuánto tiempo, *Xabiel*! —dijo el chino, sentado en su silla y haciendo señal al visitante para sentarse del otro lado de la mesa.

—Es verdad, hace tiempo que nuestros caminos no se cruzaban, Lee.

—¿Qué te *tlae pol* aquí? ¿Has vuelto al negocio? *Ahola* ya tengo *otlo ploveedol*.

—No he vuelto al tráfico, se puede decir que estoy jubilado. No obstante, tenemos un amigo en común que me pidió venir aquí para hacer un negocio contigo.

—¿Qué amigo?

—La identidad de él no interesa, pero este amigo quiere pagar una deuda que un tal Iker Martínez tiene contigo.

Y Xabier puso la maleta encima de la mesa, la abrió y sacó varios fajos de billetes.

—Aquí tienes cincuenta mil euros, esa es la deuda que él tiene, ¿verdad?

—Sí —confirmó el empresario, sorprendido y, a la vez, intrigado.

—¿Y *pol* qué *quieles pagal* esa deuda?

—No soy yo, como ya te he dicho, es un amigo que tenemos en común que quiere pagar la deuda. Y no es de tu incumbencia los motivos. Aquí está el dinero, ahora haz un comprobante donde asumes que has recibido este dinero y la deuda de Iker está saldada.

Lee miró de manera desconfiada hacia Xabier y después acercó la maleta. Contó el dinero y lo puso en un rincón de la mesa. Luego, se sentó de nuevo, abrió un cajón de su mesa, sacó una libreta y empezó a escribir. A continuación, entregó ese papel a Xabier, donde constaba que la deuda de Iker Martinez estaba liquidada.

—Muy bien, ahora quiero que cuando venga la exmujer para pagar la deuda, porque sé que has llegado a un acuerdo para ir amortizando la deuda con ella, quiero que le des una copia de este documento. No le digas que alguien ha pagado, simplemente dile que, como eres un buen samaritano y tienes un corazón de oro, olvidas la deuda.

—De *acueldo* —dijo el chino todavía desconcertado.

—Ah, por cierto, si la policía viene y te pregunta quién ha pagado la deuda, ¿qué le dirás?

Y Xabier sacó un fajo de billetes del bolsillo y lo puso encima de la mesa.

—La *veldad*, un alemán muy elegante que apenas hablaba español.

Xabier deslizó el fajo de notas en dirección del empresario.

Se despidieron con un apretón de manos y Xabier salió con la maleta vacía excepto por una hoja donde constaba que la deuda de Iker Martínez estaba liquidada.

El dueño de la casa de apuestas, al tocar la mano de Xabier, se estremeció; aquel sujeto siempre le había dado mala espina. Le parecía demasiado presumido, como si se creyera superior a los demás mortales. Sabía que tenía amigos en la policía que lo habían salvado en varias ocasiones a lo largo de los años, y podría decirse que se alegró cuando lo pillaron y fue encarcelado. Al estrechar su mano para despedirse, sintió como si estuviera tocando una serpiente resbaladiza, y se le puso la piel de gallina. No entendía cuáles eran las intenciones de Xabier al pagar la deuda de otro pobre desgraciado, pero tampoco quería averiguarlo. No era asunto suyo, y cuanto menos contacto tuviera con Xabier, mejor.

Unos días después, Marta fue al local para pagar la primera prestación de la deuda, pero el propietario, con una amplia sonrisa, le dijo que la deuda estaba olvidada y le entregó una copia del comprobante. Marta creyó de verdad que había sido obra del buen corazón del chino y comentó eso al exmarido cuando un día le fue a visitar. Iker se mostró satisfecho, pero no creyó en el acto de buen samaritano del empresario asiático;

alguien había pagado aquella deuda, y supuso que ese alguien estaba relacionado con el homicidio. Reflexionó bastante sobre lo sucedido y decidió que, cuando saliese de la cárcel, iba a indagar sobre quién había pagado esa deuda y descubrir el misterio.

Desde la última vez que se vieron, Xabier y Enara habían quedado en volverse a encontrar en seis meses, en un parque infantil que se ubicaba justo en la frontera entre España y Francia. Xabier andaba ilusionado con la posibilidad de volver a ver a Enara, de volver a hablar con ella, de ver de nuevo su sonrisa y poder besarla una y otra vez. Tenía recelo de que Enara no se acordase del lugar donde habían quedado, o del día y la hora, pero también temía que, después del asesinato, sus sentimientos hubiesen cambiado y que ahora no quisiese estar con el asesino de su difunto marido.

El día llegó. Era un viernes veraniego, el cielo estaba despejado y la temperatura marcaba los veintitrés grados. Xabier llegó antes de las diez de la mañana, iba con la hija en bici y los dos habían ido hasta el parque infantil por el carril bici. Al llegar, la niña corrió hacia los toboganes, mientras el padre guardaba las bicicletas y miraba en todas las direcciones para ver si distinguía el rostro de Enara. Pero no, no había señales de su presencia. Los minutos fueron pasando y Xabier se mostraba cada vez más ansioso, cada vez le asaltaban más dudas y, poco a poco, sintió una irritación en crecimiento. La hija le pidió que la empujase en el columpio. Él accedió, un poco contrariado, diciendo que ella ya debía saber andar sola en el columpio. Mientras empujaba, miraba enfrente y veía la desembocadura del río Bidasoa, que estaba rodeado de marismas. Más adelante, había un barrio con aspecto suburbano, con edificios altos y feos, y, por detrás de éstos, se erguían montañas y más montañas verdes. Entonces, volvió a mirar el reloj y vio que pasaba media hora de las diez, y pensó que Enara ya no vendría. Le pasó por la cabeza que ella le había utilizado para matar al marido, para que después pudiera quedarse con la casa y con el seguro de vida. Se sintió un imbécil. Al final, aquella mujer pequeñita y narizotas le había engañado. A él, que había traficado con drogas a lo largo de dos décadas, que había sido un maestro trapicheando y ahora había picado en la trampa de aquella mujer. ¿Qué haría ahora? ¿Le pediría explicaciones?

Del otro lado, Enara había señalado con una X en su agenda, el día que habían quedado en volver a verse, pero ya no se acordaba de la hora. Creía que habían dicho alguna hora por la mañana, pero no estaba segura y tampoco podía coger el teléfono para preguntarle. Anduvo una semana nerviosa con la posibilidad de volver a reencontrarse con el amante. Se pasó horas en tiendas de ropa para comprarse un vestido nuevo, quería uno azul o verde, vaporoso, veraniego, que le llegase hasta las rodillas. Fue a la peluquería, se hizo la pedicura y la manicura. En la víspera del día programado apenas pudo conciliar el sueño, estaba hecha un manojo de nervios. Como no sabía la hora de la cita, decidió pasarse toda la mañana en el lugar y si, al final, no se encontraban, entonces iba directamente a su piso. Fue en coche, con su pequeña hija, y aparcó cerca de unos restaurantes que se ubicaban justo en la frontera, a poco más de doscientos metros del parque. Eran las nueve y media y no vio a nadie, así que decidió ir a dar un paseo con la hija alrededor de la desembocadura del río y observar las aves que había en las marismas. Después, la hija se quejó de que tenía hambre y las dos volvieron a los restaurantes —donde Enara había aparcado el coche— y ésta pidió un bollo y un zumo para la hija. Se sentaron en una terraza y, mientras la niña comía, la madre miraba hacia el parque a ver si encontraba la silueta de Xabier y, en un momento dado, le pareció verlo empujando un columpio. Se mostró enseguida agitada, apresuró a la hija a terminar de comer y quiso ir corriendo en dirección al parque. Intentó tranquilizarse un poco y, al mirarse en un espejo, le pareció ver más arrugas, más ojeras, más papada. No se acordaba de estar así tan nerviosa ni el mismo día de su boda. Por fin, la hija terminó de comer y las dos avanzaron hacia el parque. Al acercarse, Enara vio nítidamente la figura de Xabier y casi lloró de alegría; allí estaba él: alto, esbelto, con la cabeza afeitada y bronceada, con unos pantalones cortos blancos y una camisa azulada. Él seguía empujando a la hija en el columpio y no se percató de que ella llegaba. Enara le tocó suavemente en la espalda.

Antes de Enara llegar, Xabier estaba ensimismado, pensando que, a lo mejor, Enara se había olvidado del día que habían hablado o, en lo peor de los casos, toda aquella historia había sido montada por Enara que quería algún tonto para deshacerse del marido. Revivía los momentos que habían compartido, buscando algún punto donde ella le había manipulado para vigilar al marido y dar con la relación entre él y la sobrina, pero todos estos pensamientos negros desaparecieron, como una ligera niebla en un día de verano, cuando sintió que alguien le tocaba en la espalda y, al mirar atrás, vio a Enara con una sonrisa tímida. Los dos se miraron a los ojos, sonrieron y se fundieron en un largo y silencioso abrazo.

Tres Años Después

María Vargas, contrariamente a lo que había pensado, se adaptó perfectamente a su nueva vida de jubilada. Antes del retiro, incluso habló con algunos superiores para saber si querían que ella siguiera unos años más como inspectora principal, quizás enseñando a los nuevos los gajes del oficio. Con todo, enseguida notó que no había gran interés de los superiores en mantenerla en el equipo. Al principio se sintió ofendida; había dado muchos años de su vida a la profesión, había pasado muchas noches en vela, muchos días de fiesta trabajando en casos, había perdido el cumpleaños de los hijos y cancelado vacaciones. Sin embargo, nadie parecía valorar su esfuerzo y, ahora, veía que era solo un número para el cuerpo policial, que otra persona iba a ocupar su puesto y, poco a poco, su nombre iba a ser olvidado, quedando solo para figurar en los archivos de los casos en los que había trabajado.

En esa época, aún pensó en abrir una agencia de detectives privados, donde podría intentar solucionar casos que la burocracia policial no permitía. Ella tenía experiencia en el campo y seguramente los ex compañeros de profesión podrían darle acceso a informes o pistas. No obstante, las personas cercanas a ella le disuadieron de hacerlo, ya que daría demasiados problemas y posiblemente pocos beneficios.

Se diría que anduvo angustiada con el acercamiento de la fecha de la jubilación y, por ese motivo, empezó a consultar a una psicóloga que, igual que las personas cercanas a ella, le aconsejó aprovechar la jubilación y ocupar el tiempo con aficiones, pasar más tiempo con los hijos y nietos, apuntarse a alguna actividad, viajar, etc. Para Vargas, la ayuda de la psicóloga fue esencial, pues la verdad es que tenía pocos amigos y con los que tenía no se desahogaba con sus inquietudes.

Tuvo una cena de despedida con todos sus compañeros, algunos políticos, abogados y jueces. Hubo un par de ellos que hicieron discursos graciosos, contando anécdotas que sucedieron a lo largo de más de treinta años de servicio en el cuerpo. A Vargas no le gustó mucho todo aquel alboroto; hubiera preferido organizar una comida más tranquila con los pocos compañeros con los que tenía alguna amistad.

Una de las razones por las cuales se adaptó enseguida a la vida de jubilada fue el hecho de que su hijo, que vivía en la localidad cercana de Pasaia, se hubiera separado y vuelto a la casa materna. No hay mal que por bien no venga, y en este caso, el hijo era una compañía diaria para Vargas, que odiaba la soledad. Los fines de semana, la casa recibía también la presencia de la nieta, que llenaba el piso de alegría. Vargas se apuntó a un curso de Antropología en la universidad para personas mayores. Lo hizo porque era un tema que le gustaba y no quería que la mente se atrofiara. También iba dos veces a la semana a Pilates y, poco a poco, su vida social fue ganando color con nuevos amigos, horas de ocio y varias actividades. Se sentía contenta con la vida que llevaba y su mayor miedo seguía siendo la soledad. Con todo, no daba pie a conocer a otro hombre. Sí que le gustaba tener un compañero para viajar o llevarla a restaurantes, pero prefería tener un amigo que un amante.

Algunos fines de semana solía ir hasta el chalé en el sudoeste de Francia; nunca iba sola, siempre tenía la compañía de la nieta y del hijo divorciado. A veces también invitaba nuevas amigas que conocía de la universidad o de pilates, o incluso antiguos compañeros del cuerpo de policía. Un año después de la jubilación, invitó a sus dos hijos y a la nieta para hacer un crucero por el Mediterráneo y, un año después, quiso organizar un viaje hasta Disneyland en París con su nieta. Lejos quedaron los tiempos en que era una inspectora policial siempre dispuesta a servir al cuerpo; ahora llevaba una vida tranquila, placentera y, para su sorpresa, le gustaba su día a día y no echaba de menos su antigua profesión.

En uno de esos fines de semana en que fue al chalé, acompañada por la nieta, decidieron dar un paseo en bici desde casa hasta la playa. Era un sábado por la mañana, el cielo estaba despejado y la temperatura era agradable, alrededor de veinte grados. Por ser verano, la zona tenía más gente de la habitual, sobre todo franceses procedentes del norte en busca del buen tiempo y la playa. Desde el chalé hasta la playa había poco más de tres kilómetros, en un carril bici llano, donde ciclistas y peatones debían convivir. En esa mañana, las dos salieron en sus respectivas bicicletas; Vargas iba despacio para no perder de vista a la nieta, que apenas sabía pedalear. El carril bici cruzaba toda la pequeña localidad costera; de un lado estaban los cámpines, con numerosos bungalows que acogían a los turistas, mientras que del otro lado estaban las zonas de ocio: restaurantes, tiendas de ropa, supermercados, etc.

La nieta paró porque estaba cansada y quería beber agua; la abuela también paró para ayudarla. Estaban paradas junto a un campo de minigolf, donde turistas, con palos en las manos, se divertían intentando acertar en los pequeños hoyos. En eso, Vargas oyó a alguien hablar en euskera, con acento de San Sebastián, y miró por curiosidad para ver quién era. Vio una pareja con dos niñas, que parecían estar pasándoselo bien y se reían bastante. Vargas no los reconoció y desvió la mirada, pero después miró mejor a la mujer y algo en ella le pareció familiar. Era baja, delgada, tez morena, pelo negro y lacio, rostro pequeño y la nariz un poco grande. La miró con atención y entonces reconoció a Enara Etxeberria, la viuda de aquel doctor asesinado, uno de sus últimos casos. Vio cómo ella estaba contenta y se reía a carcajadas con las payasadas de las niñas y de cómo ellas no conseguían dar con el palo a la pelota de golf. Luego, observó cómo se acercó a un hombre alto, fornido, calvo, bronceado, con un aro en la oreja, un tatuaje en el cuello y le dio un beso en la boca.

La ex inspectora no le reconoció, pero pensó que, al final, Enara había pasado página y empezado de nuevo con otro hombre. Se mostró contenta por ella y, cuando la nieta ya estaba lista, las dos volvieron a pedalear en dirección a la playa. Sin embargo, pasados unos ochocientos metros, Vargas recordó a aquel hombre: Xabier Urrutia. Estaba segura de que era él, no había dudas y, entonces, fue como si hubiese sido alcanzada por un rayo. En aquel instante, se dio cuenta de que aquellos dos habían planeado y ejecutado el homicidio, posiblemente con la ayuda de Iker. Le entraron ganas de volver atrás y tal vez incluso confrontarlos, pero volver atrás con la pequeña nieta no era una opción viable, la pobre niña iba con la lengua fuera y desesperada por llegar a la playa y tampoco podría acusarlos de un crimen que ya había sido juzgado.

Llegó a la playa y sacó de la mochila los juguetes de playa para que la nieta pudiese jugar en la arena. No obstante, su mente no paraba de pensar en aquella pareja. Ella había hablado con Xabier porque él había sido visto siguiendo al médico Zabala durante unos días, aunque en esos tiempos puso la posibilidad de haber sido una casualidad. Sin embargo, ahora veía que no era casualidad, que seguramente aquella pareja sabía del caso amoroso que el doctor tenía y, al saber dónde solían aparcar, planearon el homicidio y echaron la culpa al exmarido de Marta. Por eso, aquella llamada en que el coche de él había salido de la escena del crimen. Es más, fue esa llamada la que hizo que el rumbo de la investigación fuera tras Iker Martínez. ¿O será que Iker era cómplice de ellos y asumió la culpa a cambio de dinero? No obstante, Vargas pensó que podría estar equivocada, que Iker asumió ser el único autor del crimen, que las pruebas indicaban eso mismo y el hecho de que Enara y Xabier fueran pareja podría ser resultado de una coincidencia, una más...

Consideró aclarar todo, reabrir la investigación y pedir que Iker volviese a declarar. Podría solicitar que se investigase a fondo si antes de la muerte de Asier, Xabier y Enara ya eran amantes, y volver a buscar mensajes y correos electrónicos entre ellos que pudieran referirse a un eventual crimen.

¿Pero por qué haría eso? Si la investigación había terminado, el sospechoso había asumido el crimen y ya habían pasado tres años desde que estaba encarcelado. ¿Qué sentido tenía volver atrás?

Seguro que sus antiguos compañeros dirían que no había ningún indicio para reabrir el caso, que el hecho de aquellos dos ahora fuesen pareja no cambiaba nada. Seguro que se burlarían de ella, diciendo que echaba de menos ser de nuevo inspectora, que estaba aburrida en su vida de jubilada. Después, más fríamente, pensó que reabrir el caso era demostrar que su trabajo había sido mal hecho, que a lo mejor ella no era así tan buena inspectora, que aquella pareja criminal había manipulado desde el inicio la investigación llevándola a creer que Iker era el único culpable.

¿Y no lo sería? Se preguntó. Le daba igual, contestó. Eso ya no era su guerra, ella ya estaba retirada y en su merecido reposo. Sí, era posible que se hubiera equivocado en aquel caso, y a lo mejor incluso en muchos más, pero eso ya pertenecía al pasado. Su legado dentro del cuerpo policial estaba terminado y, verdad sea dicha, le importaba un pimiento lo que los demás pudieran pensar de su trabajo. Si aquella pareja estaba relacionada con la muerte de Asier, entonces habían hecho un buen trabajo, mejor casi imposible.

Mientras tanto, en el campo de minigolf, Xabier y Enara no vieron a la antigua inspectora. Si la hubiesen visto, posiblemente se habrían mostrado nerviosos, con miedo de que ella pudiera asociar algo, pero como eso no sucedió, pasaron una mañana agradable. Enara nunca había preguntado detalles del crimen; es más, incluso pensaba que Xabier había pagado a Iker para cometer el asesinato y éste se había dejado pillar por ser torpe. Por otro lado, Xabier solía decir que por la boca muere el pez, así que prefirió no contar nada sobre el homicidio a la novia, pues, aunque la relación iba viento en popa, podrían separarse en un futuro y, como venganza, Enara abriría la boca a la policía.

Durante estos tres años, los dos habían asumido públicamente la relación, aunque cada uno siguiera viviendo en su casa y no tuvieran planes de vivir juntos. Se encontraban los fines de semana y, a veces, también entre semana. Xabier tenía recelo de que Enara, un día, le pidiera ir a vivir juntos, pues temía que la rutina pudiera arruinar la buena relación que tenían. Mientras tanto, Enara tenía miedo de que los sentimientos de Xabier, un día, cambiaran y soñaba con que él le pidiera matrimonio para sellar para siempre aquel amor.

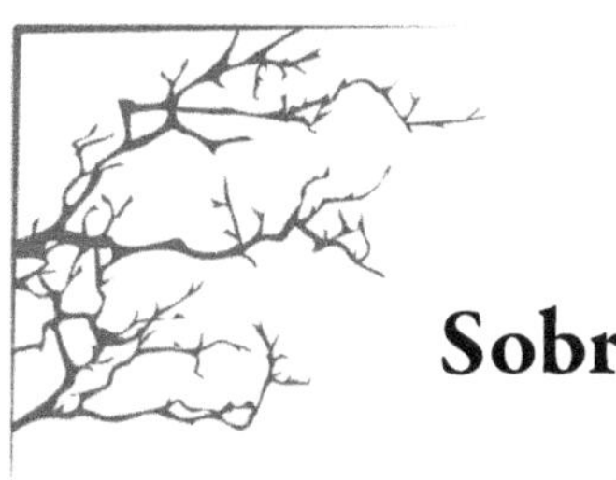

Sobre el autor

Gonçalo JN Dias nació en Lisboa, en 1977. Licenciado en Ingeniería del Medio Ambiente y Recursos Naturales, actualmente reside en el País Vasco, España, donde trabaja en una empresa de energía solar. Es padre de dos hijos.

Autor prolífico, ha publicado más de diez libros, muchos de los cuales han sido traducidos a varios idiomas. Además de su dedicación a la escritura, practica tenis y hace trekking en montañas.

Optando por una vida más reservada, Gonçalo JN Dias no utiliza redes sociales ni concede entrevistas.

Gracias por leer el libro, si puede dejar una reseña honesta se lo agradeceré.

LIBROS DEL AUTOR:

<u>Ciencia ficción:</u>
Trilogía El Buen Dictador
Parte I – El Nacimiento de un Imperio
Parte II – La Expansión
Parte III – La Sucesión
<u>Policíaca:</u>
Manual de un Homicidio
Un Crimen Calculado
Nación en Llamas
<u>Novelas:</u>
Amor y Miedo en el Camino de Santiago
La Paradoja de la Vida
Conexión Inesperada
<u>Autobiográficos:</u>
Cicatrices del Pasado
Memorias de un Adolescente Suburbano

www.ingramcontent.com/pod-product-compliance
Lightning Source LLC
Chambersburg PA
CBHW050521160726
48003CB00001B/404